담다 에세이

글 쓰는 엄마

글 쓰는 엄마

이번 생(生)에 나를 살릴 방법을 발견하다

윤슬 / 담다

*

운명도 내 편이라는 믿음으로
때로는 바보처럼,
때로는 황제처럼,
온전하게 하루를 즐기는 사람이 되고 싶다

「의미 있는 일상」 중에서

*

차 례

2부. 엄마

에필로그 이번 생(生)에 나를 살릴 방법을 발견하다

프롤로그

보폭(步幅)을 유지하고,
보법(步法)을 잊지 않는

사람은 누구나 자신의 경험을 바탕으로 세상을 이해한다. 자신에게 익숙한 관점으로 해석하기를 즐긴다. 이런 경우 어떤 의지를 가졌다기보다 자연스러운 패턴처럼 경험이 적절하게 관여하게 되는데, 보통 마음이 편안해지는 쪽, 익숙한 쪽을 선택하게 된다.

방탄소년단의 UN 연설을 본 적이 있다. 국제무대에 우뚝 선 한류스타를 보면서 새로운 동기를 부여받거나 의지를 불태우지는 않았다. 오히려 마음이 차분해지는 느낌이었다. 지나온 길과 앞으로의 삶에 대한 RM의 '스토리'는 평소 내가 중요하게 다루는 '이야기'와 크게 다르지 않았다. '이게 옳은 선택일까'라는 의문이 생겨날 때마다 '고민보다는 GO'를 외치며 '최선을 다하는 방식'을 선택했다는 RM은 동지이며 친구였다.

RM은 실수투성이였던, 부족하게 느껴졌던 자신을 있는 그대로 받아들이고 사랑하기 위해 노력했기 때문에 이 자리에 올 수 있었다고 고백했다. 어제의 실수로 고민하고, 많이 나아지지 않았다는 사실에 좌절하기보다 과거와 현재, 현재와 미래의 관계를 떠올리며 자신이 할 수 있는 일에 집중했다고 한다.

완벽한 설계도는 없었지만, 자신만의 기준을 정해놓고 묵묵하게 걸어왔던 것이다.

RM은 알고 있었던 것 같다.
"희망하는 것과 그것을 이루어내는 과정은 다르다"
"눈앞에 성과가 드러나지 않더라도 오늘 해야겠다고 마음먹은 일을 해내는 것이 중요하다"
"결국 행동이 차이를 만든다"

5년 전에도 했고, 10년 전에도 했던 일을 오늘도 하고 있다. 시간의 흐름으로 본다면 강산이 변할 정도의 놀라운 결과가 있어야 하겠지만, 성과는 그리 많지 않다. 5년 전보다 손끝이 조금 더 정교해졌고, 10년 전보다 삶이 던지는 은유에 조금 덜 당황하게 된 정도이다. 하지만 그렇다고 해도 5년 전, 10년 전에는 상상조차 하지 못했던 일을 하고 있으니 개인적으로 만족스러운 것도 사실이다.

삶을 유지하는 것, 되돌아보는 것, 한 걸음 나아가는 것 모두 용기가 필요했다. 나는 그 용기를 글쓰기로 배웠다. 그뿐만 아니라 순간적인 감정의 변화에 휘청거리지 않는 방법에 대해서도 함께 배웠다.

오늘도 어디선가 날아온 무법자가 내 안의 어떤 것을 건드리는 느낌에 대한 글을 쓰면서 아침을 열었다. 세상과 보폭(步幅)을 유지하고, 나만의 보법(步法)을 잊지 않기 위해, 뚜렷한 목표와 체계는 없지만 확장하는 삶을 살기 위해, 오늘도 나는 글을 쓴다.

글을 쓰는 동안만큼은 나는 조르바가 된다.
내게 묶여있는 끈을 잘라내고 나만의 산투르를 연주하는 기분이 든다. 글을 쓰는 순간만큼은 나는 '객체'가 아닌 '주체'가 된다.

나는 '글 쓰는 엄마'다.

기록디자이너
윤슬

1부

글 쓰는

어떤 오후의 상상

전체적으로 둥근 식판에 가지런하게 놓인 두 줄. 식판 윗줄에는 반찬을 놓을 수 있도록 세 개의 홈이 파여 있었다. 아래 좌측은 밥을 놓을 수 있도록 정사각형, 우측에는 그보다 작게 국을 놓을 수 있도록 직사각형 홈이 짝을 이루고 있다.

매일 아침 8시, 배급이 시작된다. 이곳에 온 지 두 달이 조금 지났다. 실험자를 찾는다는 광고를 보았고, 어떤 실험인지 자세하게 설명되어 있지는 않았다. 3개월 동안 특정 공간에서 최대한 자연스럽게 생활할 것, 하루에 1시간씩 혼자 운동을 할 것, 그리고 질문하지 않을 것, 실험자들에게 요구한 것은 세 가지뿐이었다. 카페에서 5개월 아르바이트를 해야 받을 수 있는 만큼의 실험 참가비가 주어진다는 얘기에 고민할 필요가 없었다. 전화를 걸었다.
"저... 실험에 참가하고 싶은데요..."

특정 공간에서 혼자 지내는 것이 조금 신경 쓰이긴 했지만, 속으로 '어떻게든 되겠지'라고 생각했다.

하루에 1시간씩 운동을 해야 한다는 조건은 힘들게 느껴지지 않았다. 혼자 운동할 수 있는 적당한 운동 장비가 갖추어져 있다는 사실이 도리어 고마울 지경이었다. 질문하지 않아야 된다고 했지만, 솔직히 질문할 것도 없어 보였다. 너무 쉬웠다. 그렇게 시작한 생활이 벌써 한 달을 넘겼다. 가끔 바깥이 어떻게 돌아가는지 궁금하기는 했지만, 두 달만 더 버티면 된다는 생각에 그럭저럭 참으면서 지내고 있었다. 8시, 1시, 7시가 되면 바닥에 붙어있는 작은 문을 통해 제시간에 식사가 나왔고, 다양하지는 않지만, 기본적으로 반찬 세 개, 밥, 국까지 나쁘지 않았다. 비치된 책도 보고 몸을 가볍게 움직이면서 운동까지 속으로 혼자 생각했다.

'이런 식이라면 1년도 거뜬하겠다'

꼬박꼬박 나오는 밥 먹고, 잠이 오면 잠자면 그만이었다. 이상하다고 생각한 것은 열흘 전부터이다. 8시에 나오던 저녁이 8시 30분, 어떤 날은 7시 50분. 또 다른 날은 9시에 나오면서 칼처럼 정확했던 저녁 식사 시간이 고무줄에 매달린 것처럼 좌우로 움직였다. 며칠 계속되기 시작하면서 서서히 인내심이 바닥을 드러내 보이기 시작했다.

점심을 1시에 먹고, 저녁을 9시에 준다는 것이 도무지 이해되지 않았다. 뭔가 잘못된 것은 아닐까라는 의심이 순간적으로 생겨났다. 하지만 이내 무슨 의도가 있을 거라는 생각과 함께 질문하지 않아야 한다고 말했던 것이 기억났다.

그러던 어느 날, 10시쯤 식판이 문을 밀고 들어오는 모습을 발견하는 순간, 지금까지 한 번도 생각해보지 않았던 질문이 떠올랐다.

"혹시 내가 뭘 잘못했나?"

"실험 중에 내가 무슨 실수를 했나?"

석 달째에 들어서면서 상황은 더욱 불리하게 흘렀다. 1시를 한참 넘겼는데도 점심이 들어오지 않았던 것이다. 말도 안 되는 일이 벌어지고 있었다. 가장 정확했던 점심 식사마저 불투명해진 것이다. 누군가에게 물어보고 싶었지만 분명 내가 어떤 실수를 한 것 같아 물어볼 수 없었다. 뭔가 잘못되고 있다는 생각이 들었지만, 이내 고개를 흔들었다.

'이래서 처음부터 질문하지 않아야 한다고 했구나'

'본래 계획에 들어있던 거겠지?'

'도대체 어디서 실수했지?'

'내가 뭘 놓친 걸까?'

먹고 살 궁리로 시작한 아르바이트였는데, 정말 죽기 직전이었다. 졸지에 원하지도 않는 다이어트까지 하게 된 셈이다.

'설마 한 달 동안 계속 이러지는 않겠지?'

이유를 알 수 없는 불안감이 슬금슬금 고개를 내밀었다. 다행히 다음 날 점심이 나왔다. 안심되었다. 하지만 불길한 예감은 계속 머릿속을 떠다녔고, 그럴 줄 알았다는 듯 사흘 뒤부터 점심이 나오지 않았다.

불현듯 나의 태도에 문제가 있을 수 있다는 생각이 스쳐갔다. 사실 1시간씩 운동하라고 얘기했었는데, 시간을 못 채운 날이 많았기 때문이다. 그뿐만이 아니었다. 밥을 먹고 깨끗한 상태로 식판을 내보내지 않았다는 사실도 떠올랐다. 그러고 보니, 침대 정리를 하지 않은 날도 있었다. 일련의 행동이 원인 제공을 했을 것 같다는 느낌이 들기 시작했다. 마음을 다르게 먹었다.

시간을 정확하게 지키면서 운동하고, 식판도 밥 한

톨 남기지 않고 깨끗하게 먹었다. 매일 아침 잠자리
정리는 기본이었다. 더러운 것이 보이면 얼른 치우
는 일도 주저하지 않았다. 며칠이 흘렀을까, 정확하
게 1시였다. 점심 식판이 조심스럽게 문을 밀면서
들어왔다.
'역시 내 행동이 문제였어'
'내 잘못이 컸구나'

노력에 대한 보상인지 일주일은 제시간에 점심이 들
어왔다. 하지만 실험을 일주일 남겨놓고 또다시 점
심이 들어오지 않았다.
'이번에는 뭐지? 내가 뭘 놓친 거지?'
아무리 생각해봐도 떠오르는 것이 없었다.
'시키는 것만 하고, 다른 일은 안 했다고 그러나?'
'혹시 저 책을 모두 읽어야 한다는 의미였나?'

별의별 생각이 들었다. 분명 이유가 있을 것 같은
데, 도무지 떠오르는 것이 없었다. 앞으로 남은 건
딱 삼일. 삼일만 버티면 끝난다는 사실에 의지하면
서 점심 없는 하루, 하루를 보냈다.

정확하게 3개월이 흐른, 다음 날 아침 6시.

평생 굳게 닫혀있을 것 같았던 문이 열렸다.
석 달 전, 나를 배웅했던 두 남자가 환한 미소와 함
께 내게 꽃다발을 전해주었다. 하얀 봉투와 함께.

"수고하셨습니다!"
"아... 네"
"고생하셨습니다!"
"아... 네"
"생활하시는 동안 어려움은 없으셨습니까?"
"아... 네... 저, 그게..."
"네?"

"실은... 물어보고 싶었습니다만..."
"네?"
"왜... 점심이 나오다가 안 나오다가... 왜 그랬죠?"
"무슨?"
"저녁밥도 제시간에 나오지 않고,..."
"네?"
"나중에 점심은 아예 안 나오고..."
"그런 일이 있으셨군요. 이야기를 해주시지 그러셨
습니까?"
"네?"

"식사를 제공하는 장비에 조금 문제가 있었다고 들었습니다. 그래서 식사가 제시간에 나오지 않았다는 분이 계셔서 따로 제공해드렸습니다만..."

"아!"

"얘기를 해주셨으면 좋았을 턴데..."

"아... 질문하지 말라고 얘기하셔서..."

"다른 분들은 말씀해 주셨는데요?"

"네?"

"얘기해 주셨으면 저희가 금방 해결해드렸을 턴데"

"아.. 저는"

"죄송하게 되었습니다"

"저는 제가 뭘 잘못해서 그런 줄 알고..."

"잘못이요? 그런 거 없었습니다..."

"원래 이런 것인가 보다,라고 생각했습니다..."

"원래?... 원래 어떤 것을 말씀하시는지요?"

"그러니까..."

감정 쓰레기통이자 재생에너지

글쓰기 수업을 진행하고 있다. 글쓰기를 통해 내가 느꼈던 몰입과 성찰, 안정감과 따뜻함을 나누기 위해 원칙적인 이야기보다 글을 쓸 때의 감정에 충실하기를 주문하면서 이어나가고 있다.

"글쓰기에 대한 생각이 달라졌어요"
"글쓰기 수업을 한 이후에 일상이 달라졌어요"
"글쓰기를 왜 삶 쓰기라고 하셨는지 알 것 같아요"

수업을 마치고 작성한 후기에서 가장 좋아하는 표현이다. 정확한 데이터나 자료는 부족하지만 글쓰기를 하는 동안 생각이 정리되고 마음이 차분해진다는 경험은, 참여한 사람들이 전하는 공통적인 얘기이다. 글쓰기의 가장 보편적인 가치라고도 할 수 있고, 궁극적으로 추구하는 방향이기도 하다.

그래서일까. "글쓰기 원칙이나 기술을 배웠어요"보다 "앞으로 글을 쓰면서 살아가고 싶어요", "글을 쓰면서 카타르시스를 느낀다는 말을 이제 조금 알 것 같아요"라는 말에 더 힘이 난다.

나는 나와의 글쓰기 수업이 각자의 삶에 쓰임이 있기를 원한다. 글쓰기를 통해 마음속의 빗장이 열리기를, 조금씩 몸을 일으켜 세우는 일에 자신감이 생기기를, 감정적으로 부딪침이 생겼을 때 수업에서의 감정을 떠올리며 한 글자씩 글로 옮겨나가기를, 생활 속의 글쓰기를 시작하는, 나아가 자신만의 문장을 써 내려갈 수 있기를 희망한다.

비슷한 마음으로 나도 글쓰기를 이어나가고 있다. 가능하면 하루 한 번 글쓰기를 실천하기 위해 노력하고 있다. 아이들과의 감정싸움으로 몸에서 기운이 빠져나간 날에도, 기대했던 결과가 나오지 않아 마음이 우울해진 날에도, 예상하지도 못한 선물에 감사한 날에도, 내 안에서 일어나는 생각이나 감정에 집중하면서 글을 써 내려가고 있다. 나에게 글쓰기는 감정의 쓰레기통이며 감정의 회복을 도와주는 재생에너지원이다. 다시 말해 나를 다독이는 과정과 일으켜 세우는 과정을 글쓰기와 함께하고 있다고 해도 과언이 아니다.

오늘도 그런 날이었다.
늦잠을 자고 일어나 챙겨준 아침을 거들떠보지 않고

쿵쾅거리면서 나간 아이에게 몇 분 후 아무렇지도 않은 목소리로 전화가 왔다. 빠뜨린 게 있다며 점심시간에 학교로 가져다 달라는 부탁이었다. 그리고 거의 동시에 신청했던 사업에서 탈락되었다는 우울한 성적표를 메일함에서 발견했다. 어디에서도 긍정의 기운을 발견할 수 없는 아침이었다.

그래서 펼쳤다. 무엇을 쓰겠다, 어떻게 하겠다는 다짐 같은 것은 없었다. 그저 떠오르는 단어를 조합하여 하얀 종이를 채워나갔다. 가만히 생각해보면 이런 날 유독 글을 많이 쓰는 것 같다. 정리되지 않은 문장, 말줄임표, 긴 탄식이 뒤섞인 단어가 여행길에 오른 것처럼 종이 위에 제 마음대로 그림을 그리고 있다.

"이제 어떻게 할 거야?"
"글쎄, 어떻게 할지 지금부터 생각해봐야겠는데..."
"잘되지 않아 속상하지?"
"조금"
"어떻게 할 생각이야?"
"원망할 대상을 찾아봤는데, 별로 소용이 없네..."
"이제 어떻게 할 건데?"

"그러니까, 지금부터 그걸 생각해봐야겠어... 어떻게 하면 좋을지... 일단..."

이미 지나간 일을 들춰내는 것은 무의미해 보였다. 오지도 않은 내일을 예측하며 발 빠르게 움직이는 것도 어딘가 어색했다. 늘 해오던 방식대로, '오늘 내가 할 수 있는 일이 무엇일까'를 떠올려보았다. 가끔 이럴 때는 어떤 행동이 어떤 결과를 가져오고, 또 어떻게 하는 것이 극적인 성공을 가져오는지 미리 알 수 있으면 좋겠다는 생각도 든다. 하여간 별다른 능력이 없는 나는 물음표로 마침표를 대신했다. 매번 이런 식이다.

*

내가 진행하고 있는 모든 것을 짧게 표현하면 "생각 수업"이다. 자신의 생각을 들여다보는 수업이고, 타인의 생각을 들어보는 수업이다. 자신의 생각이 어디로 흘러가고 있는지, 무엇을 응시하고 있는지 관찰하는 시간이다. 생각이 멈춘 곳에서 함께 멈추고, 생각의 속도가 빨라지는 곳에서는 함께 내달리면서 말이다.

'생각 수업'은 질문을 받는 것으로 시작해 그 질문에 대한 적절한 대답을 표현하는 방식으로 진행된다. 그러다 보니 가슴속에 질문을 하나씩 품고 찾아온 사람들이 도리어 당황해하는 경우가 많다. 그러면서 의아해한다.

'이런 방식이 도움이 될까?'
'이렇게 연습하면 정말 글을 잘 쓸 수 있을까?'
'정말 책을 읽으면 삶이 바뀔까?'

찾아오는 사람의 목적은 분명하다. 글쓰기 또는 독서와 관련해 질문을 가진 사람이다. 질문이 있어 책을 들춰보고, 책에서 해소되지 않은 갈증을 해결하기 위해 찾아온 것이다. 그런 사람에게 직접적인 대답 대신, 자신의 생각에 집중하고, 생각이 만들어놓은 길을 살펴본 후 이야기를 전해달라고 하니, 당연히 물음이 생길 것이다.

그렇지만 나는 믿고 있다. 일정한 시간이 흐르고 나면 스스로 대답을 찾게 된다는 것을. 아니 질문의 대답을 이미 알고 있다는 것을. 자신의 목소리로 직접 질문을 받아본 적이 없을 뿐이라는 것을. 자신의 생각을 글로 표현하는 경험이 없을 뿐이라는 것을.

사각사각, 타닥타닥. 백지를 채워나가는 과정에서 발견하게 되는 삶의 은유. 거기에 글쓰기의 진짜 매력이 숨어있다. 그 순간을 마주하게 해주고 싶은 나는 오늘도 글감을 던져주고 종이를 채우는 연습을 하게 한다.

"엄마와 함께 떠난 첫 여행은 어디였나요?"
"나의 유년시절을 함께 보내준 친구는 누구였나요?"
"당신의 아버지는 어떤 분이셨나요?"
"하루 종일 주룩주룩 비가 내렸던 오후 4시의 풍경을 알려주세요"

어떤 마음이 그곳을 향하게 만들었는지, 어떤 기억으로 남아있는지, 글로 표현하는 과정을 통해 수많은 단편소설이 서사적 구성을 위한 장치였음을 발견했으면 좋겠다. 착하게 살아가겠다는 다짐까지는 아니어도 강 건너 불구경하지 않겠다는 마음과 함께 몸이 뜨거워지는 것을 경험했으면 좋겠다.

삶은 한순간에 완성되는 것이 아니다.
신호를 외면하고 달려온 시간에 대한 성찰에는 다가올 계절에 대한 기다림이 숨어있다.

아직 시간이 남아있다는 것과 무언가를 해 보고 싶다는 의지의 발견은 글을 쓰는 사람만이 누릴 수 있는 특권이다. 그 특권을 꼭 누렸으면 좋겠다.

그러고 보니, '생각 수업'이 아니라 '밥상에 둘러앉아 함께 밥을 먹는 수업'이라고 표현하는 게 더 맞을 것 같다. 어느 연예인의 수상소감처럼 그들이 잘 차려놓은 밥상에 수시로 합석할 수 있으니 나는 운이 좋은 사람이다. 백 명의 사람, 백 개의 인생이 수시로 눈앞에 펼쳐진다. 실로 고마운 일이다.

진짜 우리에게 필요한 것

"정말 세탁기는 우리를 돕고 있을까?"
"가전제품은 주부에게 시간을 만들어주고 있을까?"
"가전제품이 가사노동 시간을 줄여주고 있을까?"
"새로운 제품은 정말 사람을 돕는 도구일까?"
신문기사를 읽으면서 떠오른 질문이다. 분명 예전처럼 힘들게 청소하지 않게 된 것은 확실하다. 이제 방망이를 두드리며 빨래하던 시절은 동화책에서 만날 수 있는 이야기가 되었고, 허리 숙여 빗질하는 것은 시골에서나 볼 수 있는 풍경이다.

어릴 때 바쁜 엄마를 대신해 집안 청소를 한다고 무릎 꿇고 물걸레 청소를 했었다. 딱히 엄마가 해야 한다고 말한 것도 아닌데, 내 손에는 물걸레가 올려져 있었다. 간혹 무릎에 물집이 생기기도 했는데, 그러려니, 하면서 넘겼던 기억이 난다.

하지만 지금은 아니다. 좋은 청소기, 강력한 청소기가 얼마나 많은지. 확실히 그런 면에서 보면 가사노동 강도는 약해졌다. 순간적으로 힘을 발휘해서 해결할 일은 줄었고, 시간도 줄었다. 정확하게 표현하면 빨래를 하는 시간은 줄었다. 가전제품을 만드는 회사에서 광고한 것처럼 빨래 방망이를 두드리는 대신 커피 한 잔을 마시거나, 대화를 나누거나, 책을 읽을 수 있는 시간이 생겨난 것이다.

"그런데, 정말, 가사노동 시간이 줄어들었을까?"
"도구의 도움으로 흔히 말하는 여유 있는 시간, 자기계발, 힐링의 시간이 만들어지고 있을까?"

「세탁기의 배신」이라는 책에는 "세탁기가 탄생해서 등이 휠 정도로 빨래할 이유는 사라졌는데도, 왜 집안일은 끝도 없다는 이야기가 쏟아져 나올까?"에 대한 저자의 의견이 담겨있다. 세탁기가 탄생하면서 오히려 세탁물은 늘어나고, 세탁물은 높아진 청결수준에 맞춰 관리하게 되어, 결국 가사 노동을 담당하는 사람의 일은 전체적으로 차이가 나지 않는다는 내용이었다. 즉 세탁기가 배신을 했다는 것이다.

"너희를 자유롭게 하리라"라고 선언했지만 깨끗하고 청결한 옷은 당연한 현상이 되어버렸고, 오히려 그 당연한 수준을 유지하는 새로운 임무가 추가되었다는 것이었다. 의구심이 생겨나지 않을 수 없었다.

"세탁기뿐만 아니라, 우리가 만들어내는 제품은 정말 우리를 돕고 있을까?"

가전제품의 도움을 받고도 더 많은 일을 해야만 했기 때문에 주부의 노동시간이 안 줄어들었을지도 모른다. 즉 위생이나 청결 등의 문명 기준을 충족해야 하는 '생활수준'의 향상으로 주부들은 중산층으로서의 수준을 유지하기 위해 더 많은 일을 해야만 했을 것이다. 일주일에 한 번 빨던 빨래도 매일의 세탁물로 바뀌었을 것이다. 비록 노동 강도는 줄어들었지만, 세탁의 빈도는 오히려 더 늘어났던 것이다.
- 「세탁기의 배신」 중에서

유발 하라리의 「사피엔스」에도 비슷한 글이 있다. 과거에는 편지를 쓰고, 주소를 적고, 봉투에 우표를 붙여 우편함에 가져가 몇 날 며칠을 기다렸다. 하지만 지금은 단 몇 분이면 지구 반대편에 있는 사람에게 답장을 받을 수 있는 시대가 되었다.

그렇게 모든 수고와 시간을 절약하게 된 지금, 정말 우리는 조금 더 느긋한 삶, 여유 있는 삶을 살고 있는지 유발 하라리는 묻고 있다.

"시간을 절약한다고 생각했지만, 실은 인생이 돌아가는 속도를 과거보다 열 배 빠르게 만들었다. 그래서 우리의 일상에는 불안과 걱정이 넘쳐난다"

세탁기만이 아니다. 우리를 돕는다고 나선 것들의 공통점과 그것이 삶에 어떤 영향을 주고 있는지 살펴볼 필요가 있어 보인다. 상황에 맞춰 적극적으로 활용해야겠지만, 애초에 의도한 목적이 달성되고 있는지 의심도 필요해 보인다. 원하는 방향으로 제대로 도움 받고 있는지 질문을 던져봐야 한다. 「세탁기의 배신」에서 저자가 얘기한 것처럼, 가전제품 그 자체보다는 시대의 변화, 역할의 변화, 인식의 변화가 가사노동 시간을 줄여준 것이라면, 점검은 더욱 중요해 보인다.

우리에게 필요한 것은 새로운 도구가 아닐 수 있다는 생각이 든다. 새로운 도구가 아닌 새로운 생각, 새로운 역할, 새로운 인식인지도 모른다. 진짜 중요한 것은 눈에 보이지 않는다는 말이 있다. 보이지 않는 진짜, 지금 우리에게는 진짜를 가려내는 눈이 필요하다.

'나다움'에 대해 고민하다

'나다움'에 대해 생각해보지 않은 사람이 없을 것이
다. 아니, 늘 '나다움'에 대해 생각하면서 살아간다
는 표현이 정확할 것 같다.
'나다운 모습은 어떤 것일까?'
'나다운 행동은 무엇일까?'
'나다운 삶은 과연 어떤 삶일까?'

우리는 겉으로 드러난 모습에 확신하면서, 때로는
숨겨놓은 모습을 발견하고는 당황해하면서, '나다움'
을 찾아가고 있다. 이런 모습이 나다운 것이라며 안
도하기도 하고, 또 가끔 저런 모습이 진짜 나다운
것일 수 있다는 생각으로 '나'와 '나다움'을 연결할
수 있는 실마리를 밝히기 위해 고군분투하고 있다.
분별력을 갖추고 본능적인 것을 최대한 억제하면서
말이다.

이러지도 저러지도 못한 모습에 실망하는 날도 있지
만, 하여간 '나다움'이라는 표현하기 어려운 세계를
규명하기 위한 노력은 계속되고 있다. 그런 '나다움'
을 '본능'과 연결하는 것이 가볍게 느껴질 수도 있

겠지만, 그럼에도 불구하고 '본능적인 것'에 대해 얘기를 나누고 싶다. 촉수가 거리낌 없이 주파수를 세울 수 있도록 길을 열어두는 말과 함께 말이다. '본능적'이라는 말이 부담스럽게 느껴진다면 '적극적인' 혹은 '직관적인'이라는 단어로 대체해도 무방할 것 같다.

'나다움'은 표현된 어떤 것의 교집합이라고 할 수 있다. 사실 표현되지 않은 것의 역학 관계를 따져보는 일은 쉽지 않다. 그러나 표현된 것을 구분하고 분석하는 일은 그보다 수월하다. 생각 속에서 결과를 상상하는 것보다, 결과를 두고 상황을 재현하고 의도를 유추해보는 것이 훨씬 더 효과적일 수 있다.

치밀하게 분석하고 이해관계를 따지는 심사숙고(深思熟考)도 좋지만 '관심이 있어 한번 해 본다'라는 조금 낯선 행동이 진짜일 수 있다. 실패에 대한 두려움, 결과에 대한 평가, 그런 것 뒤에 진짜 속마음이 숨어있을 수 있다. 특히 그러한 행동이 어떤 맥락을 지니고 있을 때는 정체성을 발견하는 결정적인 힌트가 될 수 있다.

'나다움'에 대한 연구는 계속되어야 한다.

과거에서 끝내는 것이 아니라 현재에도 지속되어야 한다. 어제의 행동에서 밝혀내고, 오늘의 태도에서 발견해야 한다. 본능에 의지하든, 그렇지 않든 '나다움'은 대한 연구는 내 인생에 대한 의무이다.

*

이렇게, 저렇게라는 의도성보다 오히려 우연을 가장한 행동이 더 근원적일 수 있다. 반복적인 행동이라면 더욱 그렇다. '나다움'에 대한 사적적인 정의를 찾는 것이 아니라면, 지금까지의 흔적을 살펴볼 필요가 있다. 긍정이나 부정의 평가가 아닌, 어떤 것을 해왔는지, 무엇을 했었는지, 판단 없이 들여다보는 시간이 필요하다.

우리의 서툰 날은 대부분 충동적이었고, 본능적이었다. 가장 정직한 날들이기도 했다. 그런 날들에 대한 새로운 해석이 필요하다. 삶은 해석과 재해석의 연속이다. '나다움'에 대한 연구도 비슷하다. 서툰 나날들 속에 조작되지 않고 살아있는 화석으로 남아있는 '나였던 나'를 기억해내야 한다.

물리학자 김상욱 교수의 「떨림과 울림」은 "과학은 지식이 아니라 태도니까"라는 말로 마무리된다. 괴테는 "행동이야말로 모든 것의 시작"이라고 했다. 문학적으로 바라보든, 과학적으로 이해하든 인생이 우리에게 던진 질문에 대해 '행동'이 '생각'보다 많은 메시지를 담고 있다. 보다 더 진실하고 명쾌하게 묘사되어 있는 것도 사실이다. '나다움'의 해답도 거기에 있다고 생각한다. '나다움'도 행동이나 태도에서 힌트를 얻을 수 있다. 거기에 평소 어떤 말을 자주 하는 살펴보는 것도 좋은 접근 방법일 수 있다.

우리는 '말'을 하면서 살아간다. 그저 앵무새처럼 누군가의 말을 따라 하는 것이 아니라, 지금까지 본 것, 들은 것, 경험한 것에 대해 자신의 '이야기'를 한다. '나다움'이 궁금하다면 평소 자신이 어떤 말을 자주 하는지, 어떤 이야기를 전하는지 들여다보는 것도 좋은 방법이다. 말에도 '나다움'의 기운이 숨어 있으니 말이다.

나는 '말'이 아니라 '글쓰기'로 비슷한 작업을 거쳤다. 글을 쓰면서 '나는 이런 사람이구나'라는 것을 정리할 수 있었다. 나의 행동이나 태도를 섣부르게 평가하지 않고 옮기는 작업을 해 보았다. 사회적으로 판단하기보다는 주관적으로, 개인적으로 전개해 나갔다. 영웅담 같은 기억이 자랑스럽게 고개를 내밀기도 하고, 우울감과 열등감의 흔적이 남아있는 현장으로 남몰래 다녀오기도 했다. 그 과정에서 깨닫게 되었다. 세상의 많은 일처럼 '나다움'에 대한 연구도 비슷한 맥락을 가지고 있으며, 결국 자기 자신과의 대화이며, 화해라는 사실을 말이다.

어느 정도 '나다움'에 대해 진척이 이뤄진 후부터는 두 눈을 감고 앞만 바라보았다. 굳이 '이것이 부족하니까, 조금 더 잘할 수 있도록 노력하는 게 어때?'를 선택하지 않았다. '네가 부담을 느끼지 않아야 오래 할 수 있어. 네가 부담을 덜 느낀다면 그 방향으로 열심히 해봐'라는 길을 과감하게 선택하기 시작했다.

나의 선택이 성공으로 기록될지, 실패로 기록될지 잘 모르겠다. 그렇지만 이런 지극히 주관적인 판단이 지금까지의 행동에 영향력을 발휘했으며, 세상과 마주할 힘을 키워 준 것은 분명하다.

사람에게는 스스로를 보다 유리한 쪽으로 이끌어가려는 본능, 그러니까 생존본능이 있다고 생각한다. '나다움'이 정체성을 향한 여정이라면 본능이든, 태도이든, 행동이든 감동적인 방식으로 연결되어 있다고 생각한다.

그러니 너무 많이 생각하지 말고, 너무 많이 고민하지 말고, 그냥 마음이 이끄는 곳으로 가보았으면 좋겠다. '한번 해 보고 싶어'라고 시작한 일을 살펴보았으면 좋겠다. 의외로 쉽게 풀릴 수 있다.

삶은 명사적이지 않다

"국문과 출신이세요?"
일을 하면서 가장 많이, 자주 듣는 질문이다.
"아닌데요. 국어는 취약한 분야인데요, 전혀 상관없는 공부 했는데요"
국문과가 아니라는 사실에 의아해하는 것도 잠시, 곧이어 두 번째 질문이 날아온다.
"아? 그래요? 정말요? 그러면 어떻게?"

대부분 이렇게 전개되었다. 그러면 나는 반복된 질문 끝에 완성한 조금 단출한, 하지만 가장 정직한 대답을 내어놓는다.
"어릴 때부터 일기 쓰기를 좋아했어요. 물론 지금도 일기를 쓰고 있고요. 책을 좋아해서 지금까지 읽어 왔고, 그게 여기까지 오게 만든 것 같아요"

우리는 꿈을 이야기했었다. 초등학생일 때 시작된 "꿈이 뭐니?"가 고등학생이 되어서까지도 "꿈은 뭐니?"였다. 하지만 요즘 아이들은 '꿈'이 아닌 '진로'라는 단어를 더 많이 사용한다. 자유학년제라는 명칭으로 진로를 탐색하는 기간이 따로 있을 정도이다. 꿈과 진로, 넓은 범위에서 바라보면 비슷해 보이지만, 조금 다르게 바라볼 필요가 있다. 초등학생에게 "꿈이 뭐니?"라고 물었을 때 씩씩하게 대통령, 과학자, 선생님이라고 대답해도 어색하지 않았다. 하지만 고등학생에게 "진로를 생각해봤니?"라고 물었을 때, 대통령, 과학자, 선생님이라고 대답하면 다시 되묻게 된다.

"직업 말고, 정말 네가 원하는 것이 무엇인지, 어떤 일을 하면서 살고 싶은지, 그걸 물어보는 거야"

꿈이 선생님인 사람은 대학 졸업 후 선생님이 되면 꿈은 끝나버린다. 하지만 "아이들에게 친절한 선생님이 되고 싶다"라는 사람은 선생님이 되었다고 해도 완료형이 아닌 진행형이다. 즉 '선생님'이 꿈이라면, '아이들에게 친절한 선생님'은 방향이며, 진로가 되는 셈이다.

아이들에게 따뜻한 선생님, 마음속에 용기를 불어넣어 주는 선생님이 되는 과정은 계속적이며, 영속성을 필요로 한다. 마치 삶이 계속되는 것처럼 말이다. 그런 측면에서 자연스럽게 무게중심이 꿈이 아닌 진로 쪽으로 이동하게 된 것 같다. 어떤 특정한 시기가 아닌, 전체적인 방향에서의 고민에 동의하기 시작한 것이다.

예전에는 진로조차 직업과 동의어로 쓰였지만, 요즘은 구분해 사용하고 있다. '앞으로의 길', '앞으로 나아가고 싶은 방향'이라는 의미의 진로가 더 자주, 많이 활용되고 있다. 그런 관점에서 본다면 진로는 열아홉에게도 유효하지만, 마흔, 오십에게도 유효하다.

"선생님은 꿈이 뭐예요?"라고 물어오면 딱히 머릿속에 그려지는 그림이 없다. 꿈이라는 단어와 함께 주눅 들었던, 자신감 없었던 과거가 떠오를 뿐이다. 명확한 꿈이 없다는 이유로 답답해했던 기억이 떠오른다. 어쩌면 우리는 너무 일찍부터 꿈을 강요받았는지도 모르겠다. 숨겨진 인생의 비밀을 밝혀낼 열아홉이 과연 몇 명이나 될까?

반면 꿈이 아닌 방향, 방식에 대해 물어오면, 조금 쉽게 대답할 수 있을 것 같다. '좋은 사람'이 되고 싶고, '선(善) 한 모습으로 살고 싶다'라고 얘기해

줄 수 있을 것 같다. 조금 더 용기를 발휘할 수 있다면, 에머슨의 글을 빌려 '선(善) 한 영향력을 발휘할 수 있는 사람'이 되고 싶다고 말할지도 모르겠다. 그런 사람이 되기 위해 어떤 노력을 기울이고 있는지, 어떤 마음으로 마주하고 있는지와 함께 말이다. 명사적이지 않는 서술어와 속도감이 느껴지지 않는 부사나 형용사가 곁가지처럼 붙어있기는 하겠지만 말이다.

앞으로의 방향에 대한 고민은 어렸을 때에만 하는 것이 아니다. 어른이라도 계속 관여하고 개입해야 한다. 삶은 선택의 연속이니까 말이다. 매 순간이 선택이며, 선택은 경험을 만들고, 경험은 앞으로의 길, 방향에 영향을 줄 수밖에 없다.

삶은 오지선다형이 아니다. 삶은 조금 더 긴 호흡을 필요로 하는 서술형에 가깝다. 남아있는 시간에 대한 언급과 함께 꿈이 아닌, 진로에 대한 관심을 포기하지 않아야 한다.

삶은 명사적이지 않다.
삶은 동사적이다.

지구 학교, 코로나 수업

코로나가 석 장의 달력을 거뜬하게 먹어치웠다. 3월에는 4월, 4월에는 5월, 5월에는 6월이라고 했는데, 어느새 6월이 끝나가고 있다. 2020년 2월, 어디에 저런 힘을 숨기고 있었는지 코로나는 지구를 들고 위, 아래로 마구 흔들었다. 예측할 수 없는 방향에서 중력의 힘을 무시한 채 마구 흔드는데 도무지 정신을 차릴 수 없었다. 코로나는 대륙 사이를 오가며 자유롭게 퍼즐 놀이를 즐기는 눈치였다.

우주는, 자연은 코로나의 리듬에 맞춰 몸을 펴고, 기지개를 켰다. 이름도 모르는 들꽃이 만개하고, 하늘에는 마치 파란 물감을 풀어놓은 것처럼 파랬다. 하얀 뭉게구름은 덩치를 키우는 일에 온통 마음이 뺏겨 있었다. 그런 모습과 대조적으로 사피엔스에게는 냉정했다. 느릿한 속도의 서행도 아니었다.
코로나는 사피엔스를 향해 한 치의 망설임 없이 일시정지 버튼을 눌렀다.
"멈추시오"

달리는 방법만 배웠다. 다른 사람보다 빨리 도착하

는 방법에 대해서만 연구했다. 멈추는 방법은 배우지 못했다. 갑작스러운 상황에서 어떻게 해야 하는지, 매뉴얼 같은 것은 없었다. 그런데 뜬금없이 예상하지도 못한 질문을 받게 된 것이다.
"그런데 왜 그렇게 열심히 달리고 있어?"
"지금 어디로 가고 있는지 말해 줄래?"
"대답을 잘 못하는 것 같은데, 일단 멈춰봐!"

갑자기 멈추라니, 혼란스러운 상황이 벌어졌고 벌집을 쑤셔놓은 것처럼 우왕좌왕하는 모습이 세계 곳곳에서 나타났다.
"갑자기 멈추면 어떻게 해요?"
"멈추면 우리더러 뭘 하라는 거죠?"
"어떻게 해야 하는지 얘기 좀 해줘요!"

길을 가는 사람을 붙잡고 물어봐도 달라지는 것은 없었다. 처음 겪는 일 앞에서 모두 당황해할 뿐이었다. 코로나가 누른 일시정지 버튼에 대해 사피엔스는 속수무책으로 당할 수밖에 없었다. 그야말로 대혼란이었다.

코로나는 차분하지만 빠르게 일상을 파고들었다. 마

치 지구 전체를 감싸고 있던 안전망이 붕괴된 것처럼, 하늘에 구멍이 뚫려 이곳저곳으로 폭탄이 날아드는 모습이었다. 소설책에서 만났던 도시 봉쇄라는 단어가 등장했고, 희망적인 멘트가 아닌 강력한 경고성 멘트에 누구 할 것 없이 공포와 두려움을 느꼈다. 그뿐만이 아니었다. 마치 신의 지위를 얻은 것처럼, 이룩해놓은 모든 것에 대한 가치를 재평가해보라는 거센 주문도 쏟아졌다. 노력이나 가치를 부정하는 것은 아니었지만, 어떤 방향으로, 어떤 노력을 해왔는지 정확한 보고서를 요구했다.

빠르게 걸어가는 버스를 멈추면 관성에 의해 몸이 앞으로 잠시 밀려나갔다가 다시 제자리로 돌아온다. 코로나가 달리던 지구를 막아섰고, 합승해있던 사피엔스의 몸이 저마다 한 뼘쯤 앞쪽으로 쏠렸다. 한 뼘의 위력은 실로 대단했다. 전례 없이 긴 방학, 12월 중순부터 집에 있던 큰 아이는 6월이 한참 지난 어느 날 어렵게 등교를 시작했다.

격주, 격일이라는 만나본 적 없는 시스템과 마스크 착용, 거리두기라는 환경적 상황에 적응하기 위해 노력해야 했다. 몇 달째 닫혀있던 가게들이 하나,

둘 조심스럽게 창문을 밀어올리고 있지만, 심리적 거리는 여전해 보인다. 겨울, 다시 팬데믹이 찾아올 거라는 얘기에 희망적인 표정이 금세 어두워진다. 처음에는 모르고 당했지만, 다음에는 한번 경험했으니 나을 거라고 위로하면서도 자신도 모르게 위축되는 모습은 크게 다르지 않았다. 코로나의 거센 파도가 조금 수그러진 느낌은 있지만 그 힘은 여전해 보인다.

코로나가 아니더라도 세상은 변화를 추구한다. 어떻게 보면 변화는 과정이며, 살아있음의 반증이다. 멈춘다는 것이 죽음이며, 이별이다. 코로나는 역사의 한 페이지를 장식할 것이다. 하지만 그렇다고 코로나의 역사에 밀려 자신의 역사까지 포기하지는 않았으면 좋겠다. 코로나로 인해 일상의 수레바퀴가 잠시 주춤거리기는 했어도, 그 지점에서 다시 출발하는 것 또한 자연스러운 현상이다. 예상하지 못한 방향, 생각지도 못한 속도였다. 그런 상황이면 세계 한방 맞을 수밖에 없다. 나비처럼 춤추다가 벌떼처럼 달려들면 어쩔 수 없는 일이다.

코로나, 이미 예상되었던 일이다. 다만 상관없는 것

처럼 살았을 뿐이다. 언제든 일상이 위협받을 수 있음을 코로나를 통해 배웠다.

중요한 것은 사건이 아니라 사건에 대한 해석이며, 경험이 아니라 경험에 대한 의미 부여라고 했다. 무엇을 하고 있으며 어디를 향하고 있는지 살펴보는 성찰의 시간이었다고 생각한다.

이제 코로나로 인해 잃은 것은 무엇인지, 얻은 것은 무엇인지 재무제표를 만들어봐야 한다. 손익분기점을 꼼꼼하게 살펴 손실이 있었다면 어디에서 손실이 났는지, 얻은 것이 있다면 무엇이었는지, 잠재적인 투자나 노력이 필요한 것은 어떤 것인지, 진지한 사색의 시간이 필요해 보인다. 무임승차하여 얻은 혜택이 있다면 빠뜨리지 않고 기재하고, 새롭게 발견된 오류가 있으면 바로잡으려는 노력도 필요해 보인다.

지구 학교, 코로나 수업이 끝나가고 있다. 칠판 위로 낯익은 질문이 하나씩 올라오고 있다.

"왜 코로나 수업을 개설했을까요?"
"코로나 수업을 통해 무엇을 배웠나요?"

일어날 일이 일어났을 뿐

〈포스트 코로나, 출판산업의 전략〉이라는 주제로 진행하는 웹 세미나에 참석한 적이 있었다. 분야별 전문가들의 발제로 진행되는 웹 세미나였는데, 포스트 코로나를 준비해야 하는 상황에서 공부해두면 좋을 것 같았다. 오후 2시부터 6시까지, 4시간 동안 발제자들의 의견과 생각을 들으면서 기록하다 보니, A4 용지 5장을 넘기고 있었다. 지금 하고 있는 일을 계속 유지할 수 있는 방법, 현재의 상황에서 1퍼센트의 변화를 이끌어낼 수 있는 방법, 포스트 코로나 시대의 키워드까지, 하나라도 놓칠까 봐 열심히 적었다.

웹 세미나에 참석한 전문가들은 입을 모아 얘기했다. 종이책에 익숙하지 않은 아이들이 오고 있다, 서점은 단순히 책을 전달하는 역할만 해서는 안 된다, 통합 시스템을 바탕으로 포스트 코로나 시대에 협력해야 한다, 온라인 동영상 서비스에 대한 관심은 코로나 이전부터 감지된 신호였다, 우리나라의 소설 작품이 외국에서 높게 평가받을 수 있는 잠재력을 가지고 있다는 것까지, 이해하기 쉬운 단어로 여러 관점에서 정보를 제공해 주었다. 참으로 고마운 일이었다. 특히 그중에서 다음 생활콘텐츠 연구소 소장님이 소개한 자료는 개인적으로 '나'라는 사람에게 큰 울림을 전해주었다. 가만히 다가와 몸 안으로 따스한 기운을 넣어주면서 귓가에 속삭이는 느낌이었다.

"지금처럼 가면 돼"

"그냥 마음이 원하는 길을 가면 돼"

소장님은 빅테이터를 바탕으로 포스트 코로나 시대에 유효한 키워드를 몇 가지 소개했는데, 평소 내가 유심하게 들여다보는 주제들이었다. 예를 들어 기록, 일상, 의미, 글쓰기, 시간, 자기관리.

기록, 일상, 의미, 글쓰기, 시간, 자기관리.

개인적인 취향이라고도 할 만큼 집착하는 단어들이다. 가볍게 느껴질 수 있고, 묵직해서 굳이 붙잡고 싶지 않을 수 있겠지만 '인생'이라는 전체적인 맥락에서 이들보다 더 매력적인, 확실한 가치를 가진 키워드는 없다는 생각했다. 그 과정에서 몇 권의 책도 출간했다. 「오늘, 또 한 걸음」, 「글쓰기가 필요한 시간」, 「기록을 디자인하다」, 「의미 있는 일

상」, 「자꾸 감사」, 「시간관리 시크릿」, 마치 그
동안의 노력을 한꺼번에 보상받는 기분이었다. 동시
에 지금까지의 내용을 바탕으로, 앞으로 나아가면
된다고 응원해 주는 것 같았다.

"지금처럼 걸어가세요"
"그렇게 틀린 길을 가는 것 같지 않아요"
든든한 조력자를 곁에 둔 느낌이었다. 포스트 코로
나 시대. "어떻게 준비하면 좋겠다"라는 거창한 계
획은 아직 완성하지 못했다. 그저 어떤 상황이 벌어
지든, 그 상황에 익숙해지지 않도록 노력해야겠다는
다짐만 하고 있을 뿐이다.

무슨 일이든 손에 익으면 익숙해지고, 익숙해지면
지루해지기 마련이다. 코로나였든, 아니었든, 어느
상황에서든 익숙함이 있었고, 지루함이 있었다. "하
지 않을 이유"와 "할 수 없는 이유"는 항상 존재했
었다.

약간의 자극, 약간의 동기부여를 통해 토닥토닥 등
을 두드리면서 몸을 일으켜 세워본다. 어떤 방향으
로든 몸은 움직이는 시도, 움직임이 필요해 보인다.

한양대 교수님이 첫 발제를 마무리하면서 우리를 향해 던진 메시지가 생각난다.
"예측하지 말고 설계하고 실천하세요"

설계하고 실천하는 일이 쉽게 느껴지지 않을 수 있다. 그렇지만 '이렇게 해봐야지'라고 정리하고, 그것을 하나씩 지켜나가는 것은 유의미한 과정이라고 생각한다. 할 수 있는, 나름대로 적합하다고 여겨지는 일을 꾸준히 시도해보는 연구자의 태도는 포스트 코로나의 시대에도 유효해 보인다.
"편할 때만 명상하는 사람이 되지 마세요"
데이비트 케인의 조언이 날카롭다.

좋은 날에만 연구해서 될 일이 아니다. 궂은 날에도 연구는 계속되어야 한다. 포스트 코로나, 일어날 일이 일어난 것이라고 전문가들은 얘기한다. 여전히 삶은 계속되고 있다. 그저 삶을 표현하는 방식이 조금씩 달라지고 있을 뿐이다.

글 쓰는 사람

"자아가 참 튼튼한 것 같아요"
"뿌리가 단단한 느낌이라고 해야 하나요?"

아주 가끔이지만 이런 말을 들을 때마다 당황스럽다. 지나온 나의 역사에는 자아가 튼튼하고, 뿌리가 단단하다는 것을 증명해 줄 만한 것이 없는데, 언제부터인지 저런 이야기를 듣고 있다. 길게 늘어뜨리기만 했을 뿐 전반적인 분위기는 시작만 잘 하는 사람, 고지식해 보이는 사람, 시키는 일을 잘하는 사람, 고민 많은 사람이 '나'였다. 그랬던 내가 이제는 쉽게 흔들리지 않는 사람, 말을 마음에 담는 사람, 상처받지 않고 살아가는 사람으로 불리고 있다. 살아오는 동안 한 번도 내 것이라고 여기지 않았던 유형으로 분류되고 있으니, 놀라운 일이다.

주변 의견이 사실이든 아니든, '나'라는 유기체는 다양한 각도에서 관절을 움직이고 근육을 키웠을 것이다. 어떤 식으로든 경험이나 다른 것들이 자연 질서에 동의하며 영향력을 발휘했을 것이다. 진실로 그렇다면, 나는 수많은 것 중에서 보다 나은 방향으로 나를 이끌어 준 공로를 '글쓰기'에게 내어주고 싶다. 조금 더 좋은 방향으로 이끌어주었고, 고유 감각을 되살려주었으며, 조금 더 풍요롭게 존재할 수 있도록 도와준 일등 공신이다. 스스로 몸을 세우는 일에서부터 고개를 들어 좌우를 살펴보는 일, 한 걸음씩 앞으로 몸을 이동하는 일까지 글쓰기를 통해 배웠다고 해도 과언이 아니다.

글쓰기는 나를 알아가는 학습의 시간이었다. 나와 화해할 수 있는 공간이었으며, 복잡한 것 속에서 일련의 구조를 만들어 보는 실험의 장(場)이기도 했다. 눈에 보이지 않아도, 그림으로 그려지지 않아도 괜찮았다. 글을 써 내려가면서 느끼는 만족감, 내 인생의 주인은 '나'라는 확신은 내게 일어난 문제 앞에서 당당함을 유지할 수 있도록 도와주었다. 왜 그런 생각을 하게 되었는지, 왜 그런 선택을 했었는지, 마음 상태나 생각이 어떠한지 머릿속에서 상상으로 끝내는 것이 아니라 종이 위에 펼쳐놓는 것만으로도 정리가 되는 기분이 들었다. 그 과정에서 '나'라는 존재에게 가장 필요한 힘이 무엇인지도 덤으로 배울 수 있었다.

글쓰기는 마음을 나누는 공간이었다. 누구나 절대적인 위로나 공감이 필요한 순간이 찾아온다. 옳고 그름을 떠나 순도 백 퍼센트의 응원이 그리운 날이 있다. 보통 가족, 종교, 친구 등 여러 방식으로 도움받게 되는데, 나에겐 글쓰기가 그 역할을 자처해 주었다. 감정의 쓰레기통이 되었다가 갑자기 밤하늘의 북극성이 되는 상황이 벌어져도 나를 비난하거나 내게 화를 내지 않았다. 변덕이 하늘을 찔러도 통합의 과정을 바라봐 주었고, 어떤 상황에서도 철저하게 내 편으로 남아주었다. 뭔가를 증명하지 않아 좋았고, 비교나 평가에서 자유로울 수 있어 좋았다. '원래 인생이 이런 거니까'라고 시작한 문장이 자발적으로 '그럼에도 불구하고 말이야'로 바뀔 때까지의 참을성 있게 기다려 주었다.

글쓰기는 나를 넘어 세상으로 향하는 문이다. 나를 이해할 수 있을 때, 다른 사람도 이해할 수 있고, 세상도 이해할 수 있다. 그래서 나는 특별히 바라는 것도 없으면서, 간절한 바람이 있는 사람처럼 거의 매일 글을 쓴다. 하지만 아무리 그렇다고 해도 '쉽게 흔들리지 않는 사람'이라는 말은 틀린 것 같다. 나도 흔들린다. 그것도 많이. 다만 흔들림이 생겼을 때 그것을 인지하는 장치를 가졌다는 것이 조금 다를 뿐이다. 말을 마음에 담는 사람도 명확한 표현이 아니다. 말을 마음에 담는 것이 아니라 말의 힘을 배우고, 말을 담아놓을 수 있는 도구를 가졌다는 것이 더 정확할 것 같다.

'상처받지 않고 살아가는 사람', 역시 이것도 아니다. 나 역시 상처를 받으면서 살아간다. 다만 상처를 외면하는 것이 아니라 상처를 드러낼 수 있는, 아무 말 없이 안아줄 수 있는 숨은 조력자가 곁에 있을 뿐이다. 나의 온도를 가장 정확하게 알 수 있는 완벽에 가까운 모습으로 말이다.

글쓰기는 인생 전체에 필요하다. 학습의 장이자, 마음을 나누는 공간, 나와 세상을 이해하는 일에 글쓰기만 한 것이 없다. 글 쓰는 사람이 많아졌으면 좋겠다. 글 쓰는 시간을 즐기는 사람이 많아졌으면 좋겠다. 글쓰기를 통해 자신의 역사를 써 내려가는 사람이 많았으면 좋겠다.

*

나는 글쓰기를 과제나 의무가 아니라 축제나 권리로 여기는 사람이 좋다. '사는 게 다 그런 거지'라는 얘기에 '그래도 산다는 건 이런 게 아닐까?'라고 표현하는 사람이 좋다. 일상을 살아가는 힘에 대해 얘기하고, 관성의 힘에서 벗어나 숨겨진 가치를 재발견하기 위해 노력하는 사람이 좋다. 내가 추구하는 가치와 맞닿아 있는 사람, 자신의 가치가 실현될 수 있다고 믿는 사람, 나는 그런 사람이 좋다. 그들과 함께 '나는 법'을 이야기하는 시간이 나는 좋다.

걷는 법을 알고 나는 법을 배워야겠지만, 걷는 방법을 고민하든, 뛰는 방법을 연구하든, 나는 방법을 상상하든, 거듭나는 일에 대해 수다를 떨면서 시간을 보내고 싶다. 밤이 오면 그날의 일과에 만족하며, 하얀 종이를 꼼꼼하게 채워나가는 사람, 나는 그런 사람이 좋다.

*

현재 진행하고 있는 글쓰기 수업 목표를 한 줄로 표현하면 '삶을 되돌아보는 글쓰기'이다. 지금 이곳을 중심으로 여기까지 오는 동안 감당했던 것들을 위로

하고 격려하는, 때로는 춤추었던 일을 기록하는 현장이다. 한 마디로 지나온 흔적을 '글쓰기'라는 도구를 통해 재해석하는 것이다. 그렇지만 궁극적으로 내가 희망하는 것은 '삶을 성장시키는 글쓰기'이다. 미숙함에서 성숙함으로도 좋고, 불완전에서 완전으로도 좋다. 어떤 식으로든 글쓰기를 통해 정체성을 확인하고, 자신과 자신의 삶을 새롭게 바라보는 것을 목표로 삼고 있다.

'글쓰기'라는 행위가 삶에 미치는 영향력을 접할 기회가 많아졌다. 글쓰기로 삶이 바뀌었다는 사람, 글쓰기를 통해 조금씩 아침을 맞이하는 마음이 달라지고 있다는 사람, 하루를 글쓰기로 마무리한다는 사람까지 글쓰기와 관련한 여러 이야기를 듣다 보면 힘이 솟아난다. 나름대로 잘 살아가고 있다는 기분과 함께 이번 생(生)이 제법 괜찮다는 느낌까지 생겨난다.

일기 쓰기, 생활 글쓰기, 에세이 쓰기, 자서전 쓰기, 회고록 쓰기. 어떤 이름으로 불려도 좋을 것 같다. 각자 서 있는 곳에서 저마다의 방식으로 글쓰기에 관여했으면 좋겠다.

글쓰기를 통해 몰입을 경험하고, 적극적으로 삶을 완성해나가는 계기가 만들어졌으면 좋겠다.

최태성은 「역사의 쓸모」에서 버려진 이야기를 끌어모아 엮은 삼국유사 일연 스님을 소개하면서, 자신도 일연 스님 같은 사람이 되고 싶다는 고백했다.

"저는 역사를 알리는 사람으로서 일연 스님과 같은 역할을 하고 싶어요. 일연 스님은 휴지 조각처럼 버려진 이야기들을 주워 잘 펴서 우리에게 남겨준 분이잖아요. 저도 사람들이 쓸데없다고 생각하는 역사, 잘 모르고 관심도 없는 역사를 재미있게 전하고 싶은 마음이 있습니다"

그의 글을 읽으면서 '역사'라는 단어를 '글쓰기'로 바꾸어 읽는데, 조금도 어색하지 않았다.
"저는 글쓰기를 알리는 사람으로 일연 스님과 같은 역할을 하고 싶어요. 일연 스님은 휴지 조각처럼 버려진 이야기들을 주워 잘 펴서 우리에게 남겨준 분이잖아요. 저도 사람들이 쓸데없다고 생각하는 글쓰기, 잘 모르고 관심도 없는 글쓰기를 재미있게 전하고 싶은 마음이 있습니다"

생활 속의 글쓰기.
글쓰기 대중화.

정확하게 언제부터였는지는 모르겠지만, '글쓰기 대
중화'에 대해 이야기하고 있다. 나만의 서사를 완성
할 수 있도록 돕는 글쓰기, 지금을 이루는 데 도움
을 준 것들을 하나씩 곱게 펼쳐 다리미질하는 글쓰
기, 나를 살리는 것을 넘어 타인의 안녕을 도모하는
방향으로 나를 이끌고 있다.

글쓰기는 어려운 것이라고 생각하는 사람이 많다.
하지만 그 어렵다는 글쓰기에 대해 많은 사람이 진
지하게 매달리고 있다. 그러니 너무 성급한 판단을
내린 것은 아닌지 한번 살펴보았으면 좋겠다. 가능
하다면, 글쓰기가 지닌 힘을 꼭 한번 경험해보라는
얘기를 전하고 싶다.

창의성에 관하여

삶은 측정이 아닌 판단의 집합이다. 어떤 명확한 근거로 측정했느냐보다 어떤 마음이나 생각으로 판단했느냐의 결과라고 해도 과언이 아니다. 삶은 철저하게 주관적이다. 다시 말해 누구의 삶도 평가대상이 될 수 없으며 누구의 삶보다 더 낫다, 혹은 부족하다는 말은 성립될 수 없다. 철저하게 개인적으로 바라보고, 누구와도 비교하지 않는 것이 핵심이다.

"가장 개인적인 것이 가장 창의적인 것이다"
봉준호 감독이 영화 〈기생충〉으로 아카데미 시상식에서 감독상을 받았다. 그의 소감이 그가 감독상을 받았다는 것만큼이나 유명세를 치렀다.

"영화는 왜 개인적이어야 하느냐?"
이 질문에 대해 마틴 스콜세지는 견해의 차이일 수 있다면서, 영화의 관점이 명확하고 개인적일수록 더 창의적이라고 자신의 생각을 밝혔는데, 봉준호 감독이 수상소감에 그의 말을 인용한 것이다.
"가장 개인적인 것이 가장 창의적인 것이다"
비교를 통해 우위를 점하는 방식이 아니라 내면 깊

숙한 곳으로부터 새어 나온 빛의 결정체가 가장 중요하다는 메시지였다. 가능성의 확장이었으며, 동시에 효율성과 경제성을 강조하는 시스템에게 숙제를 던지는 문장이었다. 적어도 내게는 그렇게 들렸다. 그러면서 봉준호 감독은 우리 모두를 향해 질문을 던졌다.

"당신 안에는 무엇이 있나요?"

마틴 스콜세지의 표현처럼 무엇보다 스스로 명확해야 한다는 조건이 부담스러운 것은 사실이다. 그렇지만 누군가를 따라가기 위해 애쓰지 않아도 된다는 메시지도 담고 있다. 이보다 더 멋진 말이 또 어디에 있을까?

"가장 개인적인 것이 가장 창의적인 것이다"라는 말을 나는 개인적인 관점을 회복하고, 스스로의 판단을 믿으며 나아가라는 뜻으로 이해했다. 영화를 연구하지는 않지만, 앞으로 내가 걸어갈, 만들어가고자 하는 길을 밝혀줄 믿음직스러운 문장이었다. 보다 열정적으로, 보다 적극적으로, 나의 삶에 참견할 이유를 찾았다.

노력하던 사람의 마지막

"인간은 노력하는 한, 방황한다"
'방황해도 괜찮다'와 함께 '그럼에도 불구하고 노력해야 한다'라는 메시지를 동시에 던지는 문장, 괴테가 남긴 멋진 말이다.

"나이에 따라 이뤄야 할 과업에 대해서 생각해보셨나요? 예전에 박경림이 방송에서 '나는 20대에 이뤄야 할 것을 모두 이뤘다'라는 얘기를 듣고 정말 많이 놀랐어요. 저를 돌아봤는데 해놓은 게 아무것도 없는 거예요. 불안하고, 무언가를 해야 할 것 같은데... 답답해요. 저만 그런 걸까요?"

새롭게 독서모임에 합류한 그녀가 던진 질문에 마흔 초반의 참가자가 대답했다.

"지금 그렇게 고민하는 것 자체가 노력하고 있다는 증거 아닐까요? 노력할 생각이 없으면 아예 고민조차 하지 않거든요. 저는 강박관념 같은 것이 있었어요. 대학을 졸업할 때는 어서 취직해야 할 텐데. 결혼도 그랬어요. 친구들이 결혼 고민할 때 나도 빨리 결혼해야 할 턴데 어떻게 하지, 늘 그 걱정뿐이었어요. 가만히 생각해보면 결혼만이 아니었어요. 아이를 낳아 키우면서도 그랬어요. 물론 지금도 사정은 비슷해요. 다만 이제는 아이가 조금 자라 예전보다 몸이 조금 덜 피곤할 뿐, 머릿속은 늘 복잡해요. 이 걱정, 저 걱정..."

오십을 조금 넘긴 참가자가 이야기를 이어나갔다. "정말 좋을 때예요. 물론 60대인 어떤 지인이 저를 보면서 '정말 좋을 때다'라고 말씀하시던데, 모두 비슷한 것 같아요. 지금 저는 제 삶에 균형을 맞추려고 노력하고 있어요. 일에 너무 치우치지 않기 위해, 좋아하는 일을 할 수 있는 시간을 확보하기 위해 애쓰고 있어요. 옆에서 인생 생각보다 길다는 얘기와 제2의 인생을 준비해야 한다는 말을 들으면 불안하긴 해요. 그렇지만 걱정해도 불안, 걱정 안 해도 불안이라는 생각이 들었어요. 그냥 해 보고 싶다는 생각이 올라오면 하나씩 해 보면서 나한테 맞는 것, 관심 있는 것이 무엇인지 찾아보고 있어요"

아까부터 계속 듣고만 있던 다른 참가자가 입을 열었다.

"저도 불안해요. 50이 되기 전에는 시작해야 할 것 같은데, 무엇을 해야 할지, 어떤 것을 해야 할지 걱정이에요. 지금 시작하지 않으면 나중에 정말 아무 것도 할 수 없게 된다는 말에 밤잠을 설친 날도 많았어요. 하지만 요즘은 다르게 생각해보고 있어요. 너무 길게 바라보지 않으려고 노력하고 있어요. 그러니까 인생을 바라보지 않고 올해는 무엇을 해볼까, 이번 달에는 어떤 것을 해볼까. 이런 식으로 말이에요. 너무 멀리까지 생각하니까 막막한 느낌이 들었거든요"

"저도 비슷해요. 조금 더 잘 해보려고 시작했는데, 이상하게 일이 더 꼬이는 느낌이었어요. 차라리 아무 계획도 없을 때는 괜찮았던 것 같아요. 기대하지 않으니까요. 그래서 올해는 욕심을 내려놓는 것이 목표예요. 한, 두 가지 정도만 정해놓고 그것만 집중하고 있어요. 지금 하는 것이 정리되면 그때 가서 다른 것을 생각해보려고 해요"

그녀들의 대화에 귀를 기울이고 있는데, 순간적으로 괴테의 문장이 떠오른 것이다.

'인간은 노력하는 한, 방황한다'
'모두 비슷하구나. 노력하니까 힘이 드는 거구나. 노력하지 않으면 힘들 일도 없을 텐데 말이야. 모두 노력하면서, 방황하면서 살아가는구나'

괴테가 사망한 다음날 괴테의 얼굴을 보았던 에커만은 이렇게 말했다고 한다.

"평안한 기색이 고귀한 얼굴 전면에 깊이 어려 있었다. 시원한 그 이마는 여전히 사색에 잠겨 있는 듯했다"

방황하면서 살아가던 나의 일상이 마침표를 찍는 날, 괴테의 마지막처럼 고귀한 기운이 얼굴 전체에 가득했으면 좋겠다는 바람을 가져본다. 평안과 위로를 가져오는 사색에 잠겨 있는 얼굴이면 더욱 좋을 것 같다. 마치 평생 방황이라고는 한 번도 안 해본 사람처럼 말이다.

누구나의 인생, 저마다의 인생

"글은 언제 쓰세요?"
"독서모임 준비하고. 수업 준비하고, 글도 쓰려면 시간이 부족하지 않나요?"

몇 권의 책을 출간하고 틈틈이 수업을 진행하는 모습을 두고 주변에서 가끔 듣는 말이다. 조금 바빠 보일 수 있겠지만, 그렇다고 시간이 많이 부족한 것은 아니다. 정말 책 읽고 글 쓰는 것이 재미있어서인지, 먹고살기 위해서인지, 습관이 되어서인지 명확하게 구분되지는 않지만 하여간 별다른 문제 없이 수레바퀴가 굴러가고 있다. 물론 불안한 느낌이 드는 날도 있다. 그런 날에는 '어떻게든 되겠지'라고 조금 편하게 바라보는 것도 사실이다.

'작가'라는 이름이 나를 힘들게 할 때가 있다. 글이 술술 써지지 않을 때, 첫 줄에서 한 줄도 나아가지 못할 때, 하얀 종이와 종일 눈싸움만 하다가 끝났을 때, 일상을 핑계 대면서 물러서고 싶을 때, 작가라는 이름으로 인해 더 많이 답답함을 느낄 때가 있다. 술 한 잔을 마시면서 행간의 의미를 논하고, 구

구절절 떠들어도 그 마음이 가시지 않을 때가 있다.
거창한 맥락 속에서 길을 잃어버린 것처럼 말이다.

그렇게 눈을 어디에 둬야 할지, 손으로 무엇을 해야
할지 머리가 무거워지는 날에는 잠시 글 쓰는 일을
내려놓는다. 책도 눈에 들어오면 읽고, 그렇지 않으
면 놓아버린다. 몸이 방전일 때는 쉬어가는 것이 좋
다는 생각으로 일부러 거리를 둔다. 그렇게 시간을
보내다가 다시 책 쪽으로 눈이 가고, 자판 위로 손
이 올라가면 그제야 몸을 움직인다.
'이제 다시 시작해볼까?'
이렇게 한번 쉬고 나면, 한결 마음이 편안해지면서
글도 더 잘 써진다.

문제는 애매한 상태, 그러니까 애써 덤벼들지도 않
으면서 계속 마음만 쓰이는 경우이다. 다행스럽게도
그런 상황에 대해서도 나름대로 방법을 찾은 것 같
다.

의욕이 생기지 않을 때, 일이 시원스럽게 진행되지
않을 때, 큰 돌덩이를 미처 피하지 못하고 두들겨
맞았을 때, 뭔가 일이 뜻대로 되지 않고 있다는 생

각이 들 때마다 종이를 펼쳐놓고는 그날 해야 할 것을 생각나는 대로 적는다. 수업에 필요한 책 읽기, 정해놓은 분량만큼의 초고 쓰기, 수업 준비하기, 하다못해 인증서 갱신하기처럼 사소한 것까지 모두 나열한다. 그리고는 가장 만만해 보이는 것을 골라 먼저 해치운다. 이럴 때는 정말 해치운다는 표현이 정확하다. 애초부터 생각이 없었던 사람처럼, 그냥 기계적으로 처리한다. 마치 프로그램이 입력된 로봇처럼 말이다. 그런 다음 먹이를 사냥하는 맹수처럼 다음 먹이를 찾는다. 역시 만만해 보이는 것이 기준이지만, 어떤 것을 먼저 하고 싶은지에 속으로 물어본다.

그중에서 짧은 시간에 완성할 수 있는 것을 선택하여, 역시 같은 방법으로 해치워버린다. 의견을 제시하지 못하는 소가 얻어맞지 않기 위해 몸을 움직이는 것처럼, 눈앞에 있는 것에만 집중하며 해치워버린다. 이렇게 몇 개를 처리하고 나면 정확한 이유를 설명하기는 어렵지만 서서히 다리에 힘이 들어간다. 조금씩 햇빛이 몸 안으로 들어오는 기분이다.

한바탕 울고 나면 마음이 풀리는 것처럼 그렇게 몇

개를 해치우고 나면 세포와 세포의 재연결이 시작되면서 의지가 되살아나는 느낌이 들었다.

처음에는 이런 일련의 변화가 이해되지 않았다. 시간이 지나서 저절로 해결이 된 것인지, 노력의 결과인지 구분되지 않았다. 원인 규명도 불분명했다. 세부적인 계획 없이 이런 식으로 무언가를 해결하는 태도도 맘에 들지 않았다. 하지만 요즘도 자율성과 의지를 상실한 날에는 로봇처럼 생활한다. 그러면 아주 완벽한 날을 만들어내지는 못하더라도, 무의미하게 보냈다는 느낌에서는 벗어날 수 있다.

멀리 있는 것을 바라보며 걷는 것은 쉬운 일이 아니다. 흐릿하게 보일 때도 많고, 잘 보이지 않아 의문이 생길 때도 있다. 계획대로 잘 진행되는 날도 있지만, 불청객처럼 찾아든 사건이나 감정, 생각으로 인해 손에 잡히지 않는 날도 생기기 마련이다. 그런 날에는 시선을 최대한 가까운 곳으로 당겨보자.

일 년이 아니라 한 달, 한 달이 아니라 일주일, 일주일이 아니라 오늘 하루, 이런 식으로 말이다. 최대한 가까이 당겨놓고, 로봇처럼 하나씩 해치우고 나면 어느 순간 하루가 아니라 일주일, 일주일이 아니라 한 달, 한 달이 아니라 일 년. 일 년이 아니라 인생 전체로 다시 시선이 이동하는 것을 나는 경험했다. 물론 나의 경험이 모두의 경험이 될 수는 없겠지만, 손해 볼 것은 없다고 생각한다. 체력이 좋은 날에는 높은 산을 오르면 되겠지만, 체력이 부족한 날에는 낮은 산을 오르는 것으로도 충분하다.

*

"뭐 다 그렇게 사는 거 아닐까?"
"사는 게 다 거기서 거기잖아?"
나는 가능한 이런 말은 쓰지 않으려고 노력한다. 어떤 특별한, 혹은 근사한 삶을 목표로 살아가는 것은 아니지만 나를, 내 삶을, 누군가를 그저 그런 것으로 몰아가는 표현을 나는 거부한다. 특히 '사는 게 다 거기서 거기'라는 말은 유독 불편하다.

'작가님'이라는 호칭 덕분에 잘 모르는 것에 대해서도 호의적인 평가를 받으며 살아가고 있다. 모든 것을 알 수 없다는 말과 함께 모르는 것이 있다는 사실이 세상 공평한 이유가 되어 인간미 넘치는 사람으로 만들어주고 있다. 거기에 오늘도 글을 쓰기 위해 고군분투하고 있다는 말은 개인적 고충과 상관없이 좋은 이미지를 만들어주고 있다. 그저 고마운 일이다. 하지만 이런 호의적인 평가와 달리 '작가님'이라는 호칭은 내가 앞으로 살아가는 동안, 계속해서 풀어내야 할 과제처럼 느껴지는 것도 사실이다.

나는 '작가님'으로 불리기 위해 달려오지 않았다. '작가님'이라고 불리는 지금의 상황은 자율성에 근거한 시간의 결과이며, 성공과 실패를 가늠할 수 없는 공(空)의 영역에서 출발하여 얻은 하나의 이름표에 불과하다. 그런 까닭에 누군가 성과에 대해 인과관계를 물어오면 대답이 쉽지 않다. 멋지게 설명할 수 있어야 하는데, 매번 심플한 스토리를 앵무새처럼 반복하게 된다.

"나도 모르게 어느 순간부터 글을 쓰고 있었어요. 좋은 날에도 쓰고, 안 좋은 날에도 쓰고, 힘들어서 쓰고, 속상해서 쓰고, 계속 썼던 것 같아요"

"조금이라도 더 잘 쓰고 싶다는 마음에 가능하면 매일 일기를 쓰든, 블로그에 글을 쓰든 어딘가에 적었던 것 같아요. 1년, 5년, 10년... 그렇게 써 온 것으로 책을 몇 권 만들어냈는데, 그게 벌써 11권이네요"

오늘도 나는 '사는 게 다 거기서 거기지'라는 말로 마무리하지 않기 위해 노력을 다하고 있다. 호기심을 유지한 채, 세상에 대한 관심을 이어나가고 있다. 그런 과정에 '작가님'이라는 호칭이 큰 역할을 해 주었음을 인정한다.

물론 '작가님'이라는 호칭이 어떤 문제를 직접적으로 해결해 준 것은 아니었다. 걱정을 모두 떨쳐낼 수 있도록 만들어 준 것도 아니다. 하지만 나아가고자 하는 방향에 대해 일관성을 유지할 수 있도록 도와준 것은 확실하다. 어떤 식으로든 의미를 지닐 수 방향으로 인도하는 길잡이 역할을 해주고 있다.

그래서일까. 요즘 조금 다른 말을 하는 나를 발견한다. 인생의 황금기를 '작가님'이라는 호칭과 함께 할 수 있게 된 나는 '행운아'라고.

*

나는 인생에 대한 어떤 대단한 철학을 가진 사람이
아니다. 냉정한 승부사가 되어야 한다고 주장하는
사람도 아니다. 과거를 복기하고 미래를 전해주는
예언자는 더더욱 아니다. 그저 씨앗 하나에 숨어있
는 나무의 이야기를 들려주고 싶을 뿐이다. 소리 없
이 자라는 것, 잠들어 있는 줄 알았는데 아침마다
허리를 곧게 세우는 것, 그런 것들에 관한 얘기를
나누고 싶을 뿐이다.

몸이 아픈 사람을 벌떡 일으켜 세워 달리게 할 만한
힘은 없다. 그렇지만 같이 누워 '나도 아파요'하고
싶은 마음도 없다. 나 역시 사람이다. 그것도 너무
나 인간적인 사람. 허기를 채우기 위해 어딘가로 몸
을 움직이는 사람 중의 한 명에 불과하다. 그런 내
가 인류에 관한 이야기를 한다거나 세계관을 논한다
는 것은 어불성설(語不成說)이다. 그래서 나는 하나
의 이야기를 하고, 한 사람의 이야기를 할 뿐이다.

나는 한 번에 하나씩 이루어지는 것을 좋아한다. 일
을 해도 한 번에 하나, 마음을 나눠도 한 번에 하
나, 무엇이든 한 번에 하나씩이다. 그렇다고 하나의
대답을 강요하는 사람은 아니다. 궁극적으로 내가

희망하는 위치는 '질문자'이다.

누구나의 인생이지만, 저마다의 방식으로 답안지를 완성하는 과정을 목격하고 싶을 뿐이다. 함께 수수께끼를 풀지는 못해도 똑같은 시험지를 풀고 있다는 마음만으로도 위로가 되기를 바라면서 말이다.

새로운 사람이 되어야 한다고 생각하지는 않는다. 하지만 새로운 모습이 될 이유는 있다. 누구나의 인생을 살아가지만, 저마다의 인생을 살아내야 하니까.

누구도 아닌 스스로를 위해, 거듭 태어나는 방식을 찾는 노력을 기울여야 한다. 그리고 선택을 믿고 몸을 움직여야 한다. 나는 그 방식을 '글쓰기'로 결정했고, 오늘도 그 길을 걷고 있다.

2부

엄마

슬픔이 태도가 되지 않았다

시끌벅적한 소리와 함께 나를 세게 두드린 것이 있는가 하면, 가볍게 어깨를 툭 치면서 지나간 것도 있고, 어떤 흔적조차 남기지 않고 사라진 것도 있다. 가만히 생각해보면 그랬던 것 같다. 인생은 내게 유연함을 요구했지만, 그때마다 경직된 몸이 격렬한 반응을 보이면서 세계는 흔들거렸다.

지금까지 살면서 내가 기억하는 가장 격렬한 반응은 '아이'와 엮어져있다. 첫돌을 얼마 두지 않은 상태에서 아이는 다리에 깁스를 했다. 고관절이 자꾸 빠져나오는 것이 원인이었고, 병원에서의 처방은 깁스와 보조기 착용이었다. 대구의 대학병원에서 첫 수술을 할 때만 해도 얼마 가지 않아 곧 잠잠해질 태풍 같은 거라고 생각했다. 잠시 스쳐가는 바람처럼 이내 첫돌잔치를 준비하는 분주한 일상으로 돌아갈 수 있을 거라고 확신했다. 눈 밑으로, 코끝을 타고 뭔가가 흘러내려도 슬픔은 나와 상관없는 것처럼, 툭, 떨어져 나갈 거라고 믿고 있었다.

하지만 수술을 하고 나와 마취도 깨기 전에 고관절

이 빠지는 상황이 벌어졌고, 아이가 나왔던 길을 되돌아 다시 수술실에 들어가는 모습을 보면서 순간적으로 직감했던 것 같다. 어쩌면 슬픔이 내게서 금세 떨어지지 않을 수도 있겠구나, 어쩌면 생각했던 것보다 시간이 더 필요할 수도 있겠구나, 근원을 알 수 없는 불안감은 적중했다. 그 이후 다시 재수술 이야기가 나왔고, 결국 우리는 아이를 서울대학교 어린이병원으로 옮겼다.

회사 일이 바빴던 남편은 매번 동행할 수 있는 상황이 아니었고, 그때마다 지금보다 조금 젊은(그러니까 깁스를 한 손녀를 두 손으로 품에 안고 움직일 만큼 체력이 받쳐주었던) 친정엄마가 그 자리를 대신해 주었다. 지금도 가장 미안한 부분이 이런 것이다. 아이 일로 병원을 다닐 때도 그렇고, 내가 아파 아산병원에 다닐 때도 그렇고 늘 친정엄마와 함께였다. 친정엄마에게는 항상 미안한 마음이다. 어쩌다 보니 나의 아픔은 엄마의 아픔이 되어 버렸고, 엄마에게 슬픔이 되어버렸다.

아이가 잠든 밤, 혼자 컴퓨터를 켜서 카페에 가입하고 연구원처럼 정보를 찾아다녔다.

어떻게 하면 나아질 수 있는지, 어떤 부작용이 있는지, 무엇을 조심해야 하는지, 닥치는 대로 읽고, 흡수했다. 현실 속에서 실현할 수 있는 가장 정교한 방법이 무엇인지, 일관성 있게 전하는 핵심이 무엇인지, 명확한 답을 찾아 머릿속으로 밀어 넣었다.

엄마인 내가 제대로 알아야 아이를 구할 수 있다는 마음으로 덤벼들었다. 슬픔이 아닌 용기가 필요했던 시절을 지나왔다. 내게 붙은 슬픔은 몰라도, 아이에게 달라붙은 슬픔을 떼어내는 일만큼은 결코 양보할 수 없었다.

KTX가 관광열차가 아닌 호송 열차의 역할을 수행하던 어느 해, 아이를 담당하는 교수님으로부터 기적과도 같은 말을 들었다.
"이제는 보통 아이처럼 키우면 됩니다. 6개월에 한 번씩 정기점검을 받고, 15살까지 지켜봅시다"
"감사합니다. 정말 감사합니다"

아이 몸에 달라붙어 평생 따라다닐 것 같았던 슬픔이 시간의 힘을 이기지 못하고 떨어져 나가는 순간이었다.

감사하게도 아이는 빠른 회복력을 보였다. 아이는 어떤 선입견도 없이 호의적으로 다가갔고, 새로운 상황을 마주하는 일에 있어서도 나보다 훨씬 능동적이었다. 나만 안절부절 할 뿐이었다.

도무지 정신을 차릴 수 없었던 시절이었다. 이유 없는 눈물을 여기저기 흘리고 다녔던 시절이었다. 슬픔이 태도가 되지 않도록 하겠다며 다짐하고, 또 다짐했지만 슬픔이 일상을 잠식하는 것은 순식간이었다. 아이는 교수님의 말을 이해하지 못했다. 교수님의 말을 옮기는 나의 말을 받아들일 뿐이었다. 나는 말을 다듬어야 했다. 아니, 마음을 다듬어야 했다.

'괜찮아질 거야'
'이번에만 고생하면 괜찮아질 거야'
'괜찮아질 거야'
'이번에 가면 좋은 결과를 듣게 될 거야'
예상하지 못한 결과에 대해서도 준비해야 했다.
'괜찮아지고 있다고 하셨어'
'곧 나아질 거라고 하셨어'

아이에게 슬픔을 물려주고 싶지 않았다.

태도가 되는 것은 더욱 싫었다. 그래서 노력했다. 아이를 위해 나의 말을 믿기로, 나의 마음을 믿기로 말이다.

슬픔을 이겨내는 일, 아이를 치료하는 일, 나를 치유하는 일은 그렇게 동시에 시작되었다. 그 아이가 올해 16살이 되었다. 초등학교에 입학하면서 시간이 날 때마다 정기검진을 다녀왔고, 지금까지 건강하게 잘 자라주고 있다. 다른 선택의 여지가 없었던 시절을 지나왔다. 그저 감사하다. 슬픔이 태도가 되지 않았다.

*

이제는 많은 것이 아무렇지 않게 되었다. 다행히 그 때의 슬픔은 태도로 남지 않았고, 영광의 상처쯤 되는 위치에서 인생의 자양분 역할을 하고 있다. 슬픔이 내게서 떨어지지 않을 때, 슬픔이 꼬리표처럼 내 인생에 달라붙어 있다고 생각했을 때, 남편이 했던 말이 생각난다.

"그만 울고, 정신 차려. 우리가 정신 차려야지"

아이에게 일어난 일이 차라리 나에게 일어난 일이라면 얼마나 좋을까, 아이가 아니라 내가 감당할 수 있다면 얼마나 좋을까, 언제나 그 생각뿐이었다. 어떻게 그 시절을 지나왔는지 자세하게 기억나지도 않고, 눈물도 벌써 말라버렸지만, 뭔가 날카로운 송곳에 찔린 것처럼 따끔거린다. 잊은 것 같은 시간을 살아가고 있지만, 내 인생에서 결코 잊히지 않을 기억이라는 것을 가슴은 알고 있는 모양이다.

그 시절을 견뎌준 아이가 고맙다. 어느 날의 일이다. 병원에 입원했을 때 간호사가 거짓말 조금 보태서 10번쯤 주삿바늘을 찌른 기억이 난다. 위치를 못 찾겠다는 말이 떨어지는 것과 동시에 간호사는 다시 아이 손을 잡았고, 아이는 그때마다 기겁했다. 간호사에게 원망도 못하고, 아이에게 계속 참으라는 말만 반복하는 내가 얼마나 밉게 보였는지 모른다. 나중에 수간호사가 와서 한 번에 끝내는 모습을 본 남편이 결국 참았던 한마디를 터뜨렸다.

"아니, 처음부터 오셔서 한 번에 끝내주던가 해야죠. 아이를 두고 연습하는 것도 아니고!"

그때부터였던 것 같다. 병원에서 주사를 맞을 때마다 그날의 장면이 겹쳐진다. 그때의 깊은 슬픔이 떠오르고, 그날의 아픔이 생각난다. 그래도 다행히 마지막은 항상 감사함으로 끝난다.

'감사합니다. 정말 감사합니다'

깊은 슬픔은 내게 깊은 가르침을 주었다. 아이와 함께 보내는 일상, 아프지 않고 건강하게 생활하는 일상이 무엇보다 소중하다는 것을 정말 어렵게 배웠다. 아이는 내게 "세상에 당연한 것은 없다"라는 사실을 몸으로 보여준 스승이었다.

시간의 힘을 견딘 것은 아름답다

"어쩌라고?"

높은 음에 바람이 섞여있을 때와 나지막한 중저음의 목소리에 날카로움이 깃들어 있을 때는 다르다. 레이더를 빠르게 작동시켜야 한다.

'지금 어떤 상황이지?'

'내가 조금 더 들어가도 되는 상황인가?'

'아니면 물러나야 되는 상황인가?'

'건들지 말라는 이야기인가?'

시간의 힘으로 쌓은 노련미를 제대로 발휘하는 날도 있지만, 그렇지 않은 날도 많다. 상황과 관계없이 여유 있는 모습을 유지하는 날이 있는가 하면, 뭔가 불편함을 감춘 사람처럼 안절부절하게 될 때가 있다. 그런 경우 주파수를 제대로 맞추지 못하는데, 꼭 그런 날 일이 터진다.

"엄마는 말을 왜 그렇게 하는데?"

솔직히 고백하면 정말 엄마 노릇 하는 게 쉽지 않다. 아이를 손님처럼 대하라고 하지만, 마음대로 눌

러앉아 기약 없이 시간을 보내는 손님의 무례한 태
도에 종종 화가 난다.

그럴 때마다 혼자 속으로 생각한다.

"너도 나중에 엄마 한번 해봐"

"그럼 내 맘 알 거야!"

승자도 패자도 없는 아이와의 실랑이를 마칠 때쯤이
면 꼭 친정엄마가 생각난다. 그러면서 엄마에게 묻
고 싶어진다.

"엄마, 엄마한테 나도 이랬어?"

"나도 엄마한테 어쩌라고... 그랬어?"

"그랬겠지?..."

엄마가 어떤 사람인지도 모르면서 엄마가 되었다.
엄마라는 이름표는 의지와 상관없이 어깨, 가슴, 무
릎에 달라붙었다. 여자, 남자, 그리고 엄마로 인류를
구분한다는 말이 우스갯소리로 들려오지 않았다.

엄마는 변화무쌍함 그 자체였다. 일정한 구간마다
변신해야 했다. 엄마의 발달은 아이의 발달보다 한
걸음쯤 앞서야 했다. 체력은 아이의 발달과 속도를
맞춰야 했다. 체력이 전부인 시절에는, 잘 먹고 잘

자는 일에 생체리듬을 맞춰야 했다. 아이 튼튼, 엄마 튼튼이었다. 그러다가 아이가 조금 더 자라고 나면 그때부터는 정신적인 역량을 강화시켜야 했다. 혹 치고 오더라도 여유를 잃지 않을 수 있도록, 툭 던지는 말에 동요되지 않도록 정신을 바짝 차려야 했다.

솔직히 내게도 그런 시절이 있었다. 나름의 논리가 있지만 전혀 촘촘하지 않았던 시절이 있었다. 사춘기라는 이름으로 불리는 시절이 나를 찾아왔던 것처럼, 아이에게도 찾아왔음을 알아차려야 했다.

'이렇게 지나가야 되는가 보다'라고 속으로만 생각하면서 지켜보고 있다. 엄마가 어떤 사람인지도 모르면서 엄마가 되었지만, 어떻게 해야 하는지 잘 모르는 것은 여전하다. 친정엄마도 나를 이렇게 키웠겠지. 나의 말 한마디에 웃고, 울었을 엄마가 생각난다. 엄마의 걱정과는 달리, 그 아이는 크게 모자란 사람이 되지 않았다. 그렇다면, 내 아이도 비슷하지 않을까, 조금 먼 미래의 어느 날을 상상해 본다.

아이에게도 시간이 필요하고, 엄마인 내게도 시간이 필요해 보인다. 시간이 조금 더 흐르고, 많은 부분이 정리되고 나면, 애틋한 그리움 같은 것만 기억나겠지. 지금의 나처럼 말이다.

"어쩌라고?"라는 말도 언젠가는 종적을 감추겠지.

내가 엄마에게 "어쩌라고?"를 하지 않는 지금처럼 말이다.

*

큰 아이와 진로, 친구, 관심분야 등 여러 방향으로 이야기를 나누는 시간이 많아졌다. 지금껏 평행선을 달리다가 조금씩 접점을 찾아가는 느낌이다. 큰 아이와 조금씩 간격을 줄이는 동안, 둘째는 조금씩 자신만의 영역을 확보하면서 입지를 넓히고 있다. 우리가 보기엔 아직 멀었다고 생각하는데, 스스로 조금 자랐다고 여기는 눈치이다. 언제부터인지 모르겠다. 내가 큰 아이에게 그랬던 것처럼, 큰 아이가 둘째에게 말하기 시작했다.

"왜 자꾸 화장실에 불 안 끄고 다녀?"

"맨날 게임만 할 거야?"

"숙제 같은 건 미리, 미리 해야지!"
"그때, 그때 해야지. 왜 자꾸 미뤄?"

내가 할 말을 대신해 주는 것이 때로는 고맙고, 한 편으로는 나도 저런 표정으로, 저런 말투로 얘기했 었나, 반성하게 된다. 내 마음을 아는지, 모르는지 큰 아이가 말을 걸어왔다.

"엄마, 힘들겠다!"
"응... 힘들어. 쟤가 저럴 줄은 몰랐어"
"응?"
"쟤가 전에 뭐라고 했는지 너는 모르지?"
"뭐라고 했는데?"
"엄마, 나는 절대 누나처럼 안 할게"
"어? 나? 뭐?"
"너처럼 숙제 안 하고, 미루는 거 안 한다고 했었거 든"
피식! 바람이 새어 나오는 소리와 함께 큰 아이가 웃었다.

"너도 옛날에 엄마 말 안 들었잖아? 그때 너 혼내 고 나오면 엄마한테 와서 그랬어. 엄마, 나는 크면 누나처럼 안 할게. 나는 크면 안 그럴게... ”
“쟤가?”
“그래!”
“그래? 음... 그럴 수도 있지. 그땐 내가 좀 그랬
지!”
딱히 부정하지 않는 아이. 할 말 없게 만드는 재주
가 있다.

크게 말썽을 부린 것도 아니고, 과격한 사춘기를 겪
지도 않았다. 하지만 매일 아침 눈에 보이지 않는
신경전이 펼쳐졌고, 서로의 감정을 챙기기는커녕 자
신의 마음을 추스르는 것으로도 벅찼던 날이 있었
다. 아이의 행동이나 모습에서는 어떤 맥락이나 흐
름을 읽을 수 없었다. 마치 마음대로 튀어 다니는
럭비공 같았다. 럭비공이 튄 방향으로 달려가면 어
느새 럭비공은 다른 곳으로 튀어 있었다. 럭비공이
튀는 곳마다 민감한 상황이 벌어지면서 좋은 시간,
행복한 추억을 만들겠다는 마음이 수시로 자리를 비
웠다. 분명 그런 시절이 있었다. 지금은 언제 그런
일이 있었냐는 듯, 웃으면서 옛날이야기를 나누지만,
그땐 그랬다. 순간적으로 타임머신을 타고 그 시절
로 돌아가 생각에 빠져있는데, 큰 아이가 불렀다.

"엄마, 한 2년만 기다려봐!"
"어?"
"한 2년만 기다려보라고..."
"2년?"
"나도 괜찮아졌잖아. 그러니까 2년만 기다려봐. 쟤
도 그때는 나아질 거야. 나도 저 땐 저랬어"

"나도 저 땐 저랬어"라는 아이의 말에 웃음이 터져
나왔다. 상황을 모두 이해했다는, 엄마 마음을 나도
알고 있다는 표정과 말투에 마음에 담아놓았던 말이
새어 나왔다.
"언제 이렇게 컸니?"
"언제 이만큼 자랐니?"

어떤 해결책을 마련한 것은 아니었지만 마음이 평온
해지는 기분이었다. 과거와 현재가 화해하고 무지개
다리를 건너오는 느낌이었다.
힘들었던 기억과 좋았던 시간의 경계가 허물어지면
서 중력을 이긴 문장 하나가 허공에 가르고 있었다.

"시간의 힘을 견딘 것은 아름답다"

정말 아이의 말대로 2년 후, 셋이 모여 이번 일을 웃으면서 얘기할 수 있을지는 모를 일이다. 하지만 모든 가능성을 열어두고 즐거운 마음으로 그날을 기다려볼 생각이다.

우주를 이루는 많은 것은 대부분 자연스러운 상태로 흘러간다. 사람이 살아가는 일도 비슷한 것 같다. 큰 아이가 자라나는 과정이 그랬듯, 둘째도 크게 다르지 않을 것이다. 2년 전의 시간도 자연스러운 상태였고, 지금의 시간도 자연스러운 상태라고 믿고 싶다. 애써 함수관계를 통해 방정식을 만들겠다고 덤벼들고 싶지 않다. 그보다는 차라리 '가능성'에 무게를 두고 느긋하게 바라보고 싶다.

나는 궁극적으로 시간의 힘을 믿는 사람이다. 축적된 시간이 만들어낸 궤적에 대해 존경을 보내줄 정도의 배움은 익혔다. 이제는 그 배움을 적용할 일만 남은 셈이다. 오늘 하루를 잘 보내는 일에 마음을 다하고 싶다. 나에게도 좋을, 아이에게도 좋을 선택으로 오늘을 살아가고 싶다. 내일이 준비한 선물은 내일 만나서 기쁜 마음으로 받아도 충분할 것 같다.

감정 일기, 숨겨진 비밀

"감정 일기를 한번 써 보세요"
"그냥 떠오르는 감정을 그대로 뱉어보세요"
"일기라고 하면 하루를 반성해야 하는 것처럼 느껴지는데요, 감정 일기는 반성할 것도 없고, 성찰할 것도 없고, 마음껏 소리 지르는 거라고 생각하시면 돼요"

감정적인 일로 일상이 수시로 흔들린다는 친구에게 전해준 말이다. 누군가에게 감정을 호소하고, 마음을 이해받으면 좋겠지만 시간적, 공간적 제약으로 인해 모든 상황을 그렇게 해결하지는 못한다. 새벽까지 혼자 울다가 갑자기 잠자는 친구에게 전화를 넣어 하소연할 수 없으니 말이다.

감정 일기. 다행히 친구는 의지할 수 있는 평생 친구가 생겼다며 좋아했고, 많은 부분에서 위로받고 있다는 소식을 전해왔다. 글을 쓰듯 감정 일기를 쓰면서 자신의 감정을 정의 내려보고, 감정들과 함께 살아갈 방법에 대해 알아보고 있다고 했다. 한결 안정된 목소리에 마음 놓였던 기억이 난다.

감정은 가장 정직하고 솔직한 하인이다. 감정과 깊은 대화를 나누고, 무엇을 원하는지를 들어봐야 한다. 감정이 자유롭게 자신의 욕망을 드러낼 수 있는 통로를 만들어 주고, 가쁜 호흡이 차분해질 때까지 기다려주어야 한다.

감정은 상황에 대한 지극히 개인적이며 절대적인 해석이다. 감정은 평가의 대상이 될 수 없다. 어떤 감정을 느꼈다면 인정해 주어야 한다. 감정은 함께 살아가는 또 다른 자아이다. 감정에 대해서만큼은 옳고 그름의 판단은 무의미하다.

하지만 감정이 어디에서 왔는지를 밝히고, 설명하기 힘든 감정의 변화를 명확하게 만드는 과정은 쉽지 않다. 감정은 어떤 목표에 근거한 행동이라기보다는 저절로 태어나고 사라지는 경우가 많기 때문이다. 감정 역시 다른 것들과 마찬가지로 기승전결(起承轉結), 생로병사(生老病死)의 시간을 통과하면서 흘러갈 뿐이다.

복잡 미묘한 감정에 대해 고민하고 있다면, 감정 일기를 추천해 주고 싶다. 감정을 온전하게 드러내고,

그 감정이 인정하는 글을 써보자. 어디에서 시작하여 어느 방향으로 흘러가는지 참견하지 말고 가만히 바라보는 시간을 가져보자. 감정이 겪는 생로병사(生老病死)의 과정을 목격자가 되어 지켜보자. 그렇게 조금만 거리를 확보해도 한결 마음이 편안해지는 것을 느낄 수 있을 것이다.

일기 쓰기, 감정 일기 쓰기. 감정의 바다에서 나를 끌어올리는 도구였다. 조금 더 강조된 어떤 것과 뒤로 밀려난 어떤 것이 화자가 되어 각자의 이야기를 들려주면 발끝을 세우고, 그들의 이야기에 귀를 기울였다. 일기는 내게 산소호흡기였다. 가쁜 숨을 고를 수 있도록 도와주었고, 심장이 터지는 것을 막아주었다. 막연한 느낌에 둘러싸여 있을 때에는 곁을 지켜주는 충직한 보디가드의 역할을 자처해 주기도 했다.

감정의 바다에서 스스로를 구원하는 방법을 찾고 있다면, 감정 일기 쓰기를 추천해 주고 싶다. 감정만이 아니라 스스로를 더 잘 이해할 수 있는 기회가 된다. 모두에게 통하지 않을 수 있겠지만, 내게는 통했다.

짜파구리는 사랑이다

둘째가 다니는 태권도에서 '짜파구리 레시피'와 함께 너구리와 짜파게티를 보내주었다. 아이들 간식이라고 생각했는데, 자세히 보니 직접 요리하여 아이들이 부모님께 짜파구리를 대접할 수 있도록 레시피와 재료를 보내준 것이었다. 어버이날을 맞이해 준비한 깜짝 이벤트 선물이라고 했다.

짜파구리 황금 레시피를 읽으면서 둘째가 짜파구리 요리를 시작했다. 요즘 집에서 라면을 먹을 때 양파를 깨끗하게 씻은 후, 가지런하게 썰어 냄비에 넣는 아이라서 큰 고민 없이 뒤로 물러났다. 그러면서도 걱정되는 마음에 조심스럽게 물었다.

"엄마가 도와줄까?"
"엄마, 이거 물 빼는 것만 도와줘, 너무 뜨거워"
"그래, 이건 엄마가 해줄게"
"응"
"또 다른 건 없어?"
"없어! 내가 다 할 수 있어. 엄마는 안 해도 돼!"

엄마의 도움이 필요 없다는 소리가 반갑기도 하면서 속으로 '언제 이렇게 많이 컸지?'라는 생각을 하며 책상에 앉았다. 출처 없는 서운함과 설명할 수 없는 대견함이 어색하게 인사를 나누었다.

그런 시절이 있었다. 하루라도 빨리 '내 이름'으로 살고 싶었던 시절이 있었다. 두 아이가 기쁨을 안겨주는 것은 사실이었지만, 누구의 엄마로만 살아가기엔 낮은 너무 밝았고, 밤은 너무 깊었다. 아름다운 시절이 모두 지나고 있다는 느낌과 세상의 속도를 맞추지 못하고 혼자 필름을 되감기 하고 있다는 생각은 우울감과 두려움을 만들어냈고, 수시로 나를 괴롭혔다. 그때마다 남편이 구원투수가 되어 바람맞이 역할을 해주었지만 모든 갈증이 해소되지는 않았다.

마음껏 잠을 잘 수 있으면 좋겠어, 나만의 시간이 조금만 있었으면 좋겠어, 혼자 커피숍에서 커피 한 잔 마셔봤으면 좋겠어, 짧게라도 마음 편하게 운동할 수 있었으면 좋겠어, '... 해봤으면 ... 좋겠어'라는 말을 입에 달고 살았던 시절이었다.

그랬던 내가 지금은 잠을 자고 싶으면 마음껏 잠을 잘 수 있게 되었고, 우아한 커피숍에서 혼자 커피를 마실 수 있는 시간도 생겼다. 마음만 먹으면 언제든지 운동하러 갈 수 있게 되었고, 언제든 나의 일에 집중할 수 있는 환경도 만들어졌다. 어디 그뿐인가, 가만히 앉아 짜파구리를 대접받는 일까지 생겨났다.

생(生)의 어떤 한 단면을 지나온 기분이다. 어떻게 지나왔는지 모르겠지만 시간은 흘렀고, 자연법칙에 의해 아이들의 나이에 숫자가 하나씩 더해지는 과정을 지켜보고 있다.

"... 해봤으면 좋겠어"라고 말했던 것들이 거의 대부분 현실화되었다. 이제는 '그러고 보면 그때도 제법 괜찮았는데, 그만한 추억을 어디에서 만들 수 있을까?'라는 짧은 소감을 영화 감상문처럼 남길 수 있을 정도가 되었다. 눈에 띄게 달라진 거라고는 하나도 없는데, 마치 다른 세상을 살아가는 기분이다.

아까운 시절을 지나고 있다.
소파에서 앞구르기를 하고, 황제펭귄 흉내를 내면서 온 가족을 웃음바다로 만들어주는 아이들. 나이는 숫자에 불과하다는 것처럼 〈토머스와 친구들〉을 좋아했던 시절의 흔적을 보여주는 아이들. 내가 누구의 엄마인지를 기억할 수 있도록 도와주고 있다.

언젠가 내 품에서의 시간을 떠나 자신의 날개로 하늘을 가르고 바람을 만들어낼 아이들. 나와 함께 보낸 시간이 '힘'을 만드는 일에 보탬이 되었으면 좋겠다. 도움닫기를 할 때, 비행할 때, 잠시 숨 고르기할 때, 날개를 모아 잠자리에 들 때라도 한 번쯤은 떠올리는 이름이 되었으면 좋겠다. 사랑하면서, 사랑받으면서 살아온 추억으로 '사랑할 줄 아는 사람'으로 살아갔으면 좋겠다.

짜파구리는 추억이다.
추억은 사랑이다.
짜파구리는 사랑이다.

꿀을 묻혀 알파벳을 가르쳐주듯

유대인들은 기본적으로 교육을 바라보는 태도가 남다르다. 아이들이 알파벳을 배울 때 꿀을 발라 놓고 맛보게 한다거나 알파벳 모양의 과자를 만들어 맛보게 했다는 유명한 이야기에서 알 수 있듯, 유대인들은 '무엇을 알고 있느냐'보다 '무엇을 느꼈느냐'를 더 중요하게 다룬다.

즉 '공부는 암기이며, 암기는 어렵다'가 아니라 '공부는 꿀이며, 꿀은 달콤하다'라는 이미지를 그릴 수 있도록 어릴 때부터 돕는 것이다. 배움이 골치 아픈 것이 아니라 즐거운 과정이라는 메시지를 어릴 때부터 심어주는 것인데, 이것이 0.2퍼센트의 유대인이 수많은 노벨상 수상자를 만들어낸 비결이라고 생각한다.

아이들이 어릴 때 유대인 부모교육 관련 책을 많이 읽었다. 의도적인 것은 아니었는데, 책을 붙잡으면 대부분 유대인의 부모교육법이었다. 많은 것을 머릿속에 집어넣었지만, 대부분 잊혔다. 그나마 지금까지도 잊지 않고 기억하는 문장이 있다면 이것이다.

"알파벳을 배울 때 꿀을 발라 놓고 맛보게 했다"

그때부터였던 것 같다. 좋은 부모가 되고 싶다는 마음으로 무언가를 가르쳐주고자 할 때는, 최대한 즐거운 기억을 함께 심어주기 위해 노력하고 있다. 가능한 좋은 관계를 유지하고, 격려하는 분위기를 만들어 즐거운 과정이라고 느낄 수 있도록 애쓰고 있다. 매번 성공적이진 않았지만, 분명 효과는 더 좋았던 것 같다.

둘째가 영어 학원을 다니고 있다. 제대로 영어 공부를 한 적이 없었던 터라 학원을 보내면서 걱정이 많았다. 차분하다고 해도 진득하게 앉아 영어 단어를 외우는 것이 쉽지 않아 보였다. 그래서 아이에게 어떤 학원을 가면 즐겁게 다닐 수 있을지 알아오라고 기회를 주었다. 아이는 친구들이 많이 다니는 학원을 알아왔다. 하지만 서너 달 정도 흘렀을까. 외워야 할 단어와 숙제가 너무 많다는 이야기와 함께 아이는 조금 덜 힘든 학원으로 옮기고 싶다고 했다.
잠시 고민되었지만, 이번에도 어떤 학원을 가고 싶은지 다시 알아오라고 했다. 그리고 친한 친구들이 다니는 소규모의 영어 학원에 등록했다. 7,8개월쯤 흘렀을까. 아무래도 이곳은 자신과 맞지 않다면서 다른 학원으로 가고 싶다고 했다. 거기를 그만두고, 조금 쉬다가 옮긴 곳이 지금의 학원이다.

몇 차례 학원을 옮긴 터라 이번에는 잘 적응했으면 좋겠다는 마음으로 지내고 있는데, 학원에서 연락이 왔다. 영어 단어를 외우지 않고 학원에 온다는 말과 함께 집에서 단어를 외울 수 있도록 도와달라는 내용이었다. 순간적으로 답답했다. 학원 숙제를 놓치지 않고 하겠다는 다짐을 받고 게임을 제한 없이 사용하게 했는데, 영어 숙제를 하지 않고 다녔던 모양이었다. 잘 알겠다는 말로 전화를 끊는데, 어떻게 하면 좋을까, 어떤 방법이 현명한 태도일까, 고민하지 않을 수 없었다. 일을 마치고 집으로 돌아가는 길이 마치 돌덩이를 매달고 걷는 것처럼 무거웠다.

분위기를 파악한 둘째는 기가 죽어있었다. 학원에서 엄마에게 전화를 넣는다고 얘기해 놓은 터라, 앞으로 벌어질 일에 대해 조금은 예상하고 있는 눈치였다. 컴퓨터 전원코드를 가져간다고 윽박지를까, 예전처럼 핸드폰을 일주일 정도 압수했다가 돌려줄까, 이리저리 머릿속으로 계산하고 있는데, 불현듯 유대

인이 꿀을 이용해 알파벳을 가르쳐주었다는 저 문장
이 생각났다.
'공부는 꿀이며, 꿀은 달콤하다'

저 어려운 말을 아이에게 어떻게 이해시킬까. 어떻
게 하면 '공부는 암기이며, 암기는 어렵다'가 아니라
'공부는 꿀이며, 꿀은 달콤하다'라는 메시지를 전해
줄 수 있을까. 선택과 책임에 대해 알려주겠지만,
어떻게 하면 영어에 대한 자신감을 높이고 흥미를
붙일 수 있도록 도움을 줄 수 있을까. 어떤 것이 정
말 아이를 돕는 길일까. 짧은 시간 동안 수많은 생
각이 태어나고 사라졌다.

무엇을 잘못했는지, 어떤 행동이 부끄러운 것인지에
대해 이야기를 끝낸 후 둘째에게 물었다.
"영어 단어를 외워야 되는 날에는 엄마랑 같이 읽고
세 번 정도 쓰면서 외우는 건 어떨까?"
"응?"
"혼자 잘되지 않으니까, 엄마가 조금 도와줄게"
"좋아"
"그럼 우리 오늘부터 해볼까?"

가끔 빠지는 날도 있지만 아이 옆에 앉아 감탄사를 활용해 아이의 기운을 북돋아주고 있다.

"굿, 한 번에 맞췄다!"

"와, 이 단어도 알고 있었네!"

"이건 어려울 텐데? 오? 감 좋은데?"

처음에는 멋쩍어하던 아이가 요즘은 잠깐만 기다려 보라고 얘기한다. 얼른 외워 적어볼 테니, 말하지 말고 기다리라고 당부한다.

"알았어. 알았어. 천천히 해"

내가 책으로 만난 유대인 부모는 정성 가득이었다. '희생'이 아니라 '정성'을 얘기하고 있었다. 그들은 '배움'이라는 태도가 인생에 미치는 영향에 대해 높은 공감을 표현하고 있었으며, 실천하고 있었다. 문제를 해결해 주는 것이 아니라 스스로 방법을 계속 찾을 수 있도록 기초체력을 키우는 일에 모든 에너지를 쏟고 있었다.

그 연장선에서 스스로에게 질문을 던져보았다.

'무엇이 더 중요할까?'

나는 둘째가 배움을 꿀처럼 달콤한 것으로 기억하기를 희망한다. 적어도 엄마와 함께 하는 것에 대해서만큼이라도. 조금 더디지만 엄마와 함께 무언가를 시도하고 방법을 찾는 과정에서 삶의 기초체력이 길러지기를 바라면서 말이다.

대나무는 우선적으로 땅속줄기에게 영양분을 보내 다음 세대를 양성하는 것이 일반적인 나무와 다르다고 한다. 무엇을 더 중요하게 여기는지에 대한 차이이며, 행동의 차이였다. 그 내용을 읽으면서 유대인 부모를 떠올렸던 기억이 난다.

"바위를 뚫는 것은, 물의 힘이 아니라 바위를 두드린 물의 횟수이다"

십 년도 더 되었다. 아주 오래전에 읽은 책의 문장 하나가 육아와 인생철학에 기둥처럼 박혀있다. 유대인 부모의 IQ 또는 똑똑함이 아닌 진심이 느껴지는 '정성', 사회가 만들어가는 '정성의 문화'에 유대인의 성공 비결이 있는 게 아닐까, 잠시 생각해보았다.

엄마의 시간은 거꾸로 흐른다

"엄마, 친구가 프랑스에서 살다 왔는데, 영어도 잘하고, 스페인어도 잘하고..."
"똑같은 나이인데 경험이 완전히 다르네?"
"..."
"너도 한국사를 좋아해서 자격증도 땄고, 너도 다른 경험을 가지고 있잖아"
"그 친구도 자격증이 있다는데?"
"그래?"
조금 늦게 귀가한 아이와 이야기를 나누면서 나온 내용이다. 평범해 보였던 친구가 전혀 평범하지 않아 보였으며, 자신과 비슷할 거라고 생각했는데, 전혀 비슷하지 않아 보였다는 것, '나도 이 정도면 괜찮은 사람이지 않을까?' 생각하고 있는데, '그게 아닌가?'라는 의문이 찾아들면서 당황해하는 분위기였다.

살다 보면 뜻하지 않게 소나기를 맞이할 때가 있다. 비가 올 거라는 예보에 우산을 챙겨나가는 날도 있지만, 파란 하늘이 전혀 비를 몰고 올 것 같지 않아 우산을 챙기지 않게 되는 날이 있다.

이상하게 꼭 그런 날이 있다. 며칠 전에도 그랬다. 아침부터 맑은 하늘은 '비가 올 것입니다'라는 말을 무색하게 했고, 당당하게 우산 없이 길을 나서게 했다. 딱히 문제 될 것이 없어 보였다. 하지만 점심을 먹고 나서부터 비가 오기 시작했다. 오후 5시쯤에는 양동이로 퍼붓는 것처럼 사정없이 땅바닥을 두드리고 있었다.

"아뿔싸"

빗속을 빠른 속도로 빠져나갈 수 있으면 좋겠지만 쉽지 않아 보였다. 방법을 찾고 있을 때, 퇴근한다며 남편에게 전화가 왔다. 다행이라는 마음으로 함께 퇴근하자고 부탁했고, 남편은 일부러 사무실에 들러주었다. 얼마 후, 남편이 도착했다.

"비 많이 오지?"

"아니, 지금은 거의 안 와"

"어? 아까 밖에 보니까 비 많이 오던데..."

"아까는 그랬는데... 지금은 괜찮아"

"그래? 괜히 오라고 했네..."

비가 오지 않는 것이 다행인지, 아닌지 말할 수 없는 묘한 상황이 벌어졌다. 비가 오기는 했었는지, 하늘은 시치미를 뚝 떼고 있었다.

갑자기 쏟아진 소나기에 젖은 몸을 말릴 생각도 못하고, 서서히 밝아져 오는 하늘을 보며 '어떻게 하면 좋을까' 고민에 빠지게 되는 날이 더러 있었다. 그런 과정을 몇 번 반복하면서 알게 되었다. 젖은 몸은 천천히 말리면 된다는 것을. 다음에는 조심해야지라고 다짐해도 또다시 소나기를 만날 수 있다는 것을. 하지만 아이는 경험이 힘을 발휘할 수 있는 상황을 만나지 못했고, 지금의 감정이나 시간이 전부가 아니라는 것도 아직 배우지 못했다. 그 차이였던 것 같다.

'너도 장점이 있으니 충분히 괜찮아'

지나온 세월 동안 쌓은 맷집으로 아이의 빛남을 얘기해 주었지만, 아이는 자신의 빛남보다 친구의 빛남에 눈이 부신 모양이었다.

하긴 아이만 그럴까, 어른도 그런 것을. 나와 전혀 다른 방식으로 세상을 이해하고 행동하는 모습을 만나면 저절로 몸이 움츠려진다. 아이의 마음도 비슷했을 것이다. 우물 안의 개구리가 우물 밖의 세상을 만난 기분이었을 것이다.

"엄마, 나도 나중에 어학원 같은데 보내줘. 영어 단어 외우는 데 말고... 영어로 말하고..."
"그래, 알겠어. 나중에 네가 원하면 보내줄게"
미국이 어떤 곳인지, 또 영국은 어떤 곳인지 직접 눈으로 보고 싶다고 말하던 아이에게 프랑스는 지도에나 존재하는 나라였다. 그곳에서의 생활을 자연스럽게 이야기하는 친구가 낯설기도 하고, 부럽기도 했을 것이다. 나중에 다시 어학원 얘기를 꺼낼지는 모르겠지만, 조금씩 젖은 몸을 말리는 모습이 기특했다.

아이에게 조금 큰 욕심을 부려본다. 언제든 소나기를 맞을 수 있다는 마음으로 살아갔으면 좋겠다. '훅' 치고 들어오는 모습에 너무 당황해하지 않으면서 말이다. 비록 소나기에 몸을 흠뻑 젖게 되더라도 지금까지 몸에 익힌 경험으로 긍정의 힘을 발휘했으면 좋겠다. "이제, 어떻게 하면 좋을까?"라는 마음으로 자신을 이끌어나가는 아이가 되었으면 좋겠다. 밀가루 반죽하듯 네모도 만들어보고, 세모도 만들어보면서 말이다.

생각지도 못한 모양을 만들어낸 사람 앞에서 주눅

들기보다 다른 방향에서 또다시 밀대를 굴리는 아이
가 되었으면 좋겠다.
"이번에는 나도 이렇게 한번 만들어볼까?"라고.

소나기를 마주할 방법을 가르쳐준다는 것이 소나기
를 피할 방법만 궁리하게 만드는 것은 아닌지 늘 조
심스럽다. '고정형 사고방식'이 아니라 '성장형 사고
방식'으로 살아갈 수 있도록 제대로 알려주고 있는
지, 매번 고민하게 된다.

엄마의 시간은 항상 거꾸로 흐르는 것 같다. 혼자가
되면, 자꾸 아이와의 대화를 곱씹게 된다.
'이렇게 얘기할걸'
'이 말을 꼭 해줬어야 하는데'
'그 얘기 안 하는 게 더 나았으려나'
다른 일에 대해서는 그렇지 않은데, 유독 아이와 관
련해서는 아쉬움이 남는다.
엄마는 엄마인가 보다.

얻은 것과 잃은 것

시간이 흐를수록 코로나로 잃은 것과 얻은 것의 경계가 모호해지고 있다. 손해라고 생각했는데, 손실이라고 주장했는데, 얻은 것도 있었다. 무엇보다 아이들과 보내는 시간이 늘어났다. 주말이면 집안 행사로, 평일에는 개인 업무로 조금은 빠듯한 시간을 보냈었다. 그런데 주말 행사가 축소되고, 개인 업무가 줄어들면서 자연스럽게 집에서 아이들과 보내는 시간이 많아졌다. 덕분에 아이들에게 집중할 수 있었다. 개인적으로 자꾸 무언가를 더 해내야 한다며 스스로를 재촉하지 않는 느낌도 좋았다.

코로나 예방을 위해 둘째가 학교를 격일로 갔다. 등교를 시작하고 얼마 되지 않았을 때였다.

"엄마, 선생님께서 집에서 점심을 먹을 건지, 학교에서 점심을 먹을 건지 알려달라고 하셨어. 그런데, 난 집에서 먹을 거야"
"응?"
"나는 학교 말고 집에서 먹을 거니까, 선생님께 꼭 그렇게 신청해 줘"

"그래?"

"집에서 먹는 게 더 좋으니까"

점심을 집에서 먹고 싶은 이유는 굳이 묻지 않았다. 이미 알고 있으니까.

'마스크 없이 집에서 편하게 쉬고 싶은 거지?'

'집에 빨리 와서 조금이라도 더 많이 게임하고 싶은 거지?'

둘째의 결정을 막지 않았다. 이미 큰 아이가 격주로 학교를 가고 있던 터라 점심을 준비해야 하는 날이 절반이었다. 그런 상황에서 집에서 밥을 먹고 싶다는 아이의 마음을 막을 이유가 없었다.

"알겠어. 셋이 같이 점심 먹도록 하자"

특별한 일이 없으면 아이들과 함께 점심을 먹기 위해 노력하고 있다. 오전 수업을 마치면 집으로 돌아와 점심을 먹은 후, 다시 일하러 간다. 오후에 수업이 있는 날에는 집에서 조금 이른 점심까지 같이 먹고 출발한다. 스케줄이 달라 저녁은 힘들지만 가능하면 점심은 함께 먹으려고 노력한다.

아이들 얼굴 보면서 밥 먹고, 친구 얘기도 하고, 학

원 얘기도 하고, 유튜브를 함께 보기도 한다. 어떤 날에는 둘째가 요리를 도와주기도 하고, 가끔은 두 아이가 같이 점심을 준비하면 뒤로 물러나 구경꾼이 되기도 한다.

코로나가 바꿔놓은 것이 있다면, 코로나로 얻은 것이 있다면, 점심 준비가 의무가 아닌 특별한 시간이 되었다는 것이다. 그렇게 함께 점심을 함께 먹고 나면, 몸과 마음이 건강해지는 기분이다.

메뉴가 다양한 것은 아니다. 고기반찬을 좋아하는 아이들이라 고기반찬에 김치가 대부분이다. 덤으로 깻잎 몇 개. 어떤 날은 계란 묻힌 스팸이 메인 메뉴가 되기도 하고, 계란말이가 중앙을 차지하는 날도 많다. 소고기국이나 삼계탕으로 끝내기도 하고, 오이와 파프리카, 닭 가슴살을 섞어 만든 샐러드로 승부수를 띄우기도 한다. 오리 불고기가 나오면 상추나 깻잎으로 동그랗게 말아 입안으로 밀어 넣기도 하는데, 아주 가끔이지만 두 그릇을 비우기도 한다.

세상만사 돌고 도는 것이라고 했다. 아이들과 함께 점심을 준비하고 먹는 날도 언젠가는 끝날 것이다.

그날이 오면 자연스럽게 각자의 공간에서, 자신의 사람들과 점심을 먹게 될 것이다. 언제 그랬냐는 듯 밖에서 사 먹는 음식을 즐기게 될 것이다. 그때는 그때의 일로 미뤄두고, 지금은 주어진 시간을 잘 보내는 방법에 대해서만 연구해보고 있다.

점심을 준비하기 위해, 또는 함께 점심을 먹기 위해 집으로 돌아오는 것이 가끔 번거롭게 느껴지기도 하지만, '돈 주고 운동도 하는데'라고 생각하면 금방 기분이 좋아진다.

코로나가 아니었다면 나는 점심에 대해 생각해보지 않았을 것이다. 상황을 되돌아볼 생각도 하지 않았을 것이며, 관성에 이끌려 '어쩔 수 없잖아'라는 말로 아쉬움을 달랬을 것이다. 일하는 시간이 많아지면서 아이들에게 소홀해진 마음을 혼자 미안해하는 것으로 끝냈을 것이다. 그 마음을 살펴볼 수 있는 시간이 생겼고, 마음을 행동으로 움직일 수 있는 기회를 얻었다. 코로나, 잃은 것도 있지만 분명 얻은 것도 있었다.

글 쓰는 엄마, 책 수업하는 엄마

마음속으로 무언가 차오르는 느낌이었다. 정리가 되는 것 같았고, 가슴이 따뜻해지는 기분도 들었다. 미안한 마음으로 속죄하듯 써 내려간 날도 있었다. 그렇게 한참 글을 쓰고 나면, 아니 글을 쓰는 동안 제대로 숨을 쉬고 있다는 느낌을 받았다. 서툰 엄마가 저지른 실수에 대한 미안함, 나의 이름을 잃어버린 것 같은 아쉬움을 달래는 일에 이만한 것이 없었다. 엄마가 되기 전에는 몰랐던 '엄마'라는 이름도 이해할 수 있게 되었고, 한 사람이 여러 층위의 감정을 조절하면서 살아간다는 것도 그 과정에서 배웠다. 글쓰기가 나를 키웠다고 해도 결코 지나친 표현이 아니다.

큰 아이가 몇 달 같은 몇 년을 깁스와 보조기로 생활할 때, 포대기로 아이를 업고 다닌 적이 많았다. 그때의 기억이 아직도 생생하다. 포대기 밑으로 나온 아이의 두 발. 나는 습관처럼 양손으로 아이의 발을 감싸 쥐었다. 신발을 신을 수 없기에 양말로 덮었다고 해도 온통 신경이 그쪽으로 향했다.

아무도 바라보지 않았겠지만, 나는 세상 모든 사람이 아이의 발만 쳐다볼 거라는 생각으로 노심초사했었다. 그런 마음이 찾아든 날에는 두 페이지를 채우는 것은 일도 아니었다.

어쩌면 더 불편했을, 더 힘들었을 아이는 그저 또래보다 엄마에게 조금 더 의지했을 뿐, 순수한 마음을 유지해 주었다. 깁스 생활에도, 보조기 생활에도 엄마가 보여주는 세상을 그대로 받아들였고, 완벽하게 적응했다. 그런 아이의 모습을 지켜보면서 생각했다.
'이건 아이의 문제가 아니구나'
'내 마음이 문제구나'

볼록렌즈로, 오목렌즈로 세상을 평가하면서 마음속으로 전전긍긍하는 내가 문제였다. 하지만 마음을 알아차렸다고 해서 달라지는 것은 없었다. 마법 약이 필요했다. 괜찮을 거라고, 나아질 거라고, 내일을 믿게 만드는, 용기를 만들어주는 마법 약이 필요했다.

마법사가 되는 방법을 몰랐던 내가 준비한 것은 하얀 종이였다. 그리고는 마법 약을 만들어내는 것처럼, 주문서를 작성했다. 불안과 기대가 제멋대로 부풀려지고 그림자가 제 마음대로 길이를 조절하며 드러눕기도 했다. 부정하지 않았다. 아니 방법을 몰랐기에 그저 내버려 두었다고 말하는 것이 솔직할 것 같다. 어디에도 드러내지 못했던 속마음이 쏟아져 나오는 모습이 당황스럽기도 했지만, 싫지 않았다. 시간이 조금 더 흐르면서 우울감과 슬픔을 옮기는 일은 과감해졌고, 뭔가 마음 한구석이 후련해진다는 느낌이 생겨났다. 최대한 끌어모아 마음껏 토해내는 과정이 나를 살린다는 기분마저 들게 했다.

그렇게 하얀 종이는 나의 선택을 받아주었다. 모든 순간, 모든 감정에 대해 판단 없이 받아주었다. 큰 호흡이 나올 때까지, 큰 울음이 나올 때까지, 가슴이 말랑말랑해질 때까지 모든 시간을 허락해 주었다. 하얀 종이는 엄마가 어떤 사람인지도 모르면서 엄마가 된 나에게, 엄마가 되는 방법에 대해서도 알려주었다. 편견 없이 차분한 마음으로 기다려주었다. 내 이름을 잃어버린 것 같은 절망감에 빠졌을 때도 그랬다. 속상한 마음에 가슴 무너져 내린 날에도, 나라는 존재의 쓰임을 확인받지 못한 날에도 하얀 종이의 위로는 계속되었다.

"괜찮지 않아, 괜찮지 않아"라고 반복적으로 써놓았는데, 바람 좋은 날 빨래를 말린 것처럼 하얀 종이는 까슬하게 잘 말려진 "괜찮아. 괜찮아"라는 단어를 되돌려주었다. 나는 그렇게 '글 쓰는 엄마'가 되었다.

기뻐서 썼고, 슬퍼서 썼고, 감사해서 썼고, 속상해서 썼다. 십 년을 훌쩍 넘긴 지금도 그 방식을 유지해오고 있다. 조금 달라진 것이 있다면, 더 이상 내일을 믿을 수 있는 용기의 약을 찾지 않게 되었다는 것이다.

지금 내게 소중한 것은 '내일'이 아니라 '오늘'이다. '내일을 믿는 힘'이 아니라 '오늘을 사는 힘'이 더 중요하다. 오늘 내가 느끼는 것이 무엇이며, 누구와 함께 그 마음을 나누고 있는지가 더 중요하다. 내일이 아닌 오늘을 살아가는 방법을 가르쳐 준 것, 하얀 종이가 내게 준 가장 큰 선물이다.

*

내 아이, 그리고 친구 아이를 위해 시작한 독서교실

을 몇 년째 진행하고 있다. 그동안 장소를 옮기면서 분위기도 바뀌었고, 진행하는 방식도 조금씩 변화를 주고 있다. 하지만 수업을 마주하는 마음은 그때나 지금이나 다르지 않다. 스스로에게 던지는 질문은 언제나 똑같다.

"나는 왜 아이들에게 책 수업을 하는가?"
"책 수업을 통해 무엇을 얻기를 희망하는가?"
"진정 무엇이 아이들을 돕는 방법인가?"
"책 읽는 사람이 되게 하려면 어떻게 하면 좋을까?"

종이책의 물성을 강조하려는 것이 아니다. 몇 권을 읽어야 한다고 강요하는 어른이 되고 싶지도 않다. 책이 좋다는 것을 느끼게 해주고, 함께 책을 읽어나가는 과정에서 재미와 의미를 발견하기를 희망할 뿐이다. 함께 책 수업을 한 아이들이 나중에 책을 읽을지, 읽지 않을지 지금으로서는 알 길이 없다. 하지만 내가 오래전 세계명작 전집을 읽으면서 느꼈던 즐거움을 기억하는 것처럼, 아이들이 책에 대한 좋은 기억이 있다면 나의 바람이 이루어지지 않을까, 상상하면서 계속 이어나가고 있다.

같이 책 이야기를 나누고 자신의 생각을 글로 표현

하는 과정이 좋은 추억으로 남았으면 좋겠다. 좋은 추억은 향수를 불러일으키고, 비슷한 느낌을 다시 경험하기를 원하는 것처럼, 책에 대한 호의적인 태도를 유지하는데 밑거름이 되었으면 좋겠다. 그래서 그 좋은 기억이 어떤 지점마다 반가운 얼굴로 아이들을 기다리고 있었으면 좋겠다.

읽고, 읽은 글에 대해서 묻고, 그러고 나서 책에도 없는 생각을 요구하는 일에 많이 익숙해졌는지, 요즘은 무엇을 던져도 '그러려니'하는 모습이다. 가끔은 협상을 요구하기도 한다.

"선생님, 이번에는 질문 네 개만 하시죠?"
"제가 보기엔, 제 글이 매력적인 글 같은데요?"
"줄거리는 당연히 시키실 것 같으니까, 질문은..."

평소 접하지 않는 책이 지정도서로 나간 날에는 아이들의 원성을 받을 각오도 해야 한다.

"하얀 것은 종이, 흰 것은 글자였어요"
"도무지 무슨 말인지 모르겠어요"
"책은 괜찮은데, 도대체 어디서부터 정리해야 할지 모르겠어요"

116

그런 날에는 책의 내용을 이해시키는 쪽에 공을 들인다. 긴 문장을 쓰는 것보다 이해한 것, 스스로 생각한 것을 정리할 수 있도록 돕고 있다. 사실 안다고 생각하지만 막상 물어보면 말로 설명하지 못하는 경우가 많다. 그런 상황에서 글을 길게 쓴다는 것은 의미를 가지지 못한다.

짧더라도 자신의 생각을 글로 명확하게 표현할 수 있도록 돕는 것, 책 수업을 통해 전해주고 싶은 목표이다. 생각이 정리되어야 글을 쓸 수 있다는 배움, 화려한 글이 아니라 간결하고 분명한 글이 좋은 글이라는 배움이 잘 전해지고 있는지 갑자기 궁금해진다.

당신의 취미는 무엇인가요?

온라인 개학 후, 학교에 제출해야 하는 자기소개란을 채우면서 큰 아이가 물었다.

"엄마, 취미는 뭐라고 적을까?"
"취미? 그냥 네가 좋아하는 거, 네가 관심 있는 것, 그런 것 적으면 되는데?"
"그런 거 없는데?"
"너 그림 그리기 좋아하고, 플루트도 배우고 있고, 그런 거 적으면 되는데..."
"나 그림 잘 그리는 거 아닌데, 플루트도 이제 배우기 시작했고..."
"아니, 특기가 아니고, 취미 적는 거잖아.."
"그러니까 취미 말이야..."
"취미는 관심 있는 거, 좋아하는 거 그런 거 적으면 되는 거야"
"그래도..."

편하게 적어도 된다고 몇 번을 이야기해도, 아이는 결코 편하게 받아들이지 못하는 얼굴이었다.

취미와 특기.

아이에게 뭘 그리 어렵게 생각하느냐고 말했지만, 솔직히 자신 없어하는 아이의 마음이 이해가 간다. 나도 그랬으니까. 나 역시 취미와 특기 앞에서 좌절 했었으니까. 특기에 대해서는 유독 심한 거부감이 느껴졌던 기억이 난다.

특기에 대해 사전은 이렇게 정의 내리고 있다.

'남이 가지지 못한 특별한 기술이나 기능'

이쯤 되면 특기는 정말 대단한 실력이 있거나 배짱이 있지 않는 한, 하얀 바탕을 채우는 것이 쉽지 않아 보인다. 태권도 몇 단쯤 되면 쓱쓱 써 내려갈 수 있을까? 평범한 수준의 내가 쓸 수 있는 것은 없었다. 실력도, 배짱도 없었던 나는 특기를 하얀 바탕 그대로 제출했었다.

취미라고 달랐을까. 취미 역시 사정은 비슷했다.

전문적으로 하지는 않지만 즐긴다는 의미를 포함하고 있는 취미, 역시 숙제였다. 즐긴다는 것이 어느 정도인지 가늠할 수 없었다. 손 낙서 수준의 그림 그리기를 취미라고 말할 수 있는지 물어볼 수 없었고, 만화책 읽기를 취미라고 쓰는 것은 부담이 컸다. 잘하지 못해 채울 수 없었고, 단순히 좋아하는 것을 취미라고 적어도 되는지에 대해 의견이나 확신이 없었다. 특기, 취미, 어느 것 하나 만만한 것이 없었다. 드러내놓을 수준이 되었을 때, 어떤 식으로든 두드러지는 특별함 같은 것이 있을 때, 그때에나 내밀 수 있는 단어라는 생각을 떨쳐낼 수 없었다.

하지만 지금은 달라졌다. 적어도 취미에 대해서만큼은 명확해졌다.
"당신의 취미는 무엇인가요?"
이제는 말한다.
"저는 피아노 치는 것을 좋아하며, 혼자 있을 때 책을 읽거나 글을 쓰면서 시간을 보냅니다. 그림에 관심이 있어 매주 월요일마다 배우고 있습니다"

나를 드러내는 일에 대한 두려움이 줄어든 것도 있겠지만, 그것보다는 취미에 대한 의견이 분명해진 것 같다. 좋은 평가를 받거나 누군가에게 잘 보이기 위해 적는 것이 아니라 혼자 있을 때 즐겨 하는 것, 자신을 기분 좋게 만들어 주고 평온한 상태를 유지할 수 있도록 도와주는 것, 이것이 취미라고 명확하게 정의 내린 것이 가장 큰 이유일 것이다.

자녀교육에 관심이 많았던 부모님 덕분에 어릴 때 피아노 학원을 다닐 수 있었다. 교육열이 높았던 것도 있겠지만, 악기 하나를 배워놓는 것은 여러모로 쓸모 있을 거라는 실용적인 목적도 한몫했을 것이다. 6학년 때까지 배우다가 중학교에 진학하면서 학원을 그만두었다. 하지만 나는 어디에 가서 자신 있게 특기나 취미에 '피아노 치기'라고 적어내지 못했다. 피아노 학원에 가면 나보다 피아노를 잘 치는 아이가 넘쳐났으니 남이 가지지 못한 특별한 기술이라고 차마 적을 수 없었다.

오래전 기억이다.
한 번인가, 두 번 용기 내어 취미에 '피아노 치기'를 적어간 적이 있었다. 그때 선생님에게 "피아노를 잘 치는가 보구나"라는 말을 듣고는 그 이후부터는 어디에도 '피아노 치기'라고 적지 않았다. 부끄러운 것도 있지만, 피아노를 잘 치지도 못하는 사람이 아주 대단한 실력자인 것처럼 오해받는 상황이 불편했다.

지금의 마음이었다면 당당하게 취미에 '피아노 치기'라고 적고, 용감하게 '곰 세 마리'를 연주했을 텐데 말이다.

일본에서 60대 중반의 여성들에게 질문했다.
"어떤 삶이 행복한 삶이라고 생각하나요?"
그들은 대답했다.
"새로운 공부를 시작한 사람, 취미 활동이 있는 사람, 봉사활동에 참여하고 있는 사람이 행복한 삶을 보내는 것 같아요"

크고 거창하지 않더라도 취미를 가졌으면 좋겠다. 학교 다닐 때처럼 평가받는 것도 아니고, 누군가에게 잘 보이기 위해서도 아니다. 스스로를 돕기 위함이다. 마음을 평온하게 만들어주고, 에너지를 보충해주고, 생각을 맑게 해 주는 시간이 필요하다. 취미는 그 시간을 만들어주고 몰입할 수 있도록 도와준다. 취미를 너무 어렵게 생각하지 않았으면 좋겠다.

평균 수명이 길어지고 있다. 자의에 의해서든, 상황에 의해서든 혼자 있는 시간은 늘어날 수밖에 없다. 지금부터라도 취미를 만드는 일에 시간과 노력을 기울여보았으면 좋겠다. 결코 손해 보는 장사가 아닐 것이다.

어릴 때 좋아했던 것도 좋고, 잘하지는 못하지만 계

속 관심이 가는 것도 좋다. 취미는 여유 있는 사람, 시간이 많은 사람, 부유한 사람이 한다는 생각을 내려놓자. 취미는 내 안으로 좋은 기운을 불어넣어 주고, 안에서 키운 기운이 다시 긍정적인 에너지를 만들어내는 선순환을 일으킨다. 자신이 좋아하는 것, 관심 있는 것에 대해 시간을 제공하고 애정을 쏟아보자. 지금도 좋고, 나중에는 더 좋을 취미를 하나쯤 꼭 만들어두자.

*

"관습에 의해 달고, 관습에 의해 쓰며, 관습에 의해 뜨겁고, 관습에 의해 차갑다. 색깔 역시 관습에 의한 것이다. 실제로 있는 것은 원자와 진공뿐이다"

원자론을 체계화시키며 유물론 형성에도 영향을 끼친 고대 그리스의 사상가 데모크리토스의 말이다. 그는 덧붙여 말했다.

"모든 것은 주관적인 결과물이며 분명한 것은 세상의 모든 것은 원자로 이루어져 있다. 원자는 어떤 목적이나 의도가 없으며 기계적으로 움직인다"

그러니까 지금 이 순간, 내가 자판을 두드리고, 무언가를 쓰는 행위의 실체는 원자이며, 원자의 재배열과 재구성이 '나'라는 사람을 움직이는 원천이라는 얘기이다. 이쯤 되면, 테드 창의 「숨」이 떠오르면서 전원 버튼을 끄고 내 머릿속에 회로가 어떻게 연결되어 있는지 살펴보고 싶어진다.

물질은 온도에 따라 변한다고 한다. 온도가 높아지면 수증기가 되고, 온도가 낮아지면 얼음이 되는데, 무수하게 많은 원자로 이루어진 '나'라는 사람도 비슷한 것 같다. 적당히 바람이 불면서 몸 안의 온도가 유지되는 날에는 질서정연한 느낌이 든다. '아주 잘'까지는 아니어도 뭔가를 상상하는 일이 즐겁고 작은 조개껍데기를 발견하고도 희열을 느낀다. 하지만 중력의 힘이 강해지고, 온도의 밀도가 높아지면 정체를 알 수 없는 것들 속으로 몸이 빨려 들어가는 기분이다. '유지만 하면 잘하는 거야'라는 마음이 허무하게 느껴지면서 신경세포들이 자율 주행을 하는지 여기저기 붕붕 떠다닌다.

며칠 동안 비가 왔다. 비가 오는 날에는 부수적인 것들은 뒤로 밀려나기 십상이다. 그래도 다행히 오늘 아침은 온도가 높지 않아서인지, 몸 안으로 산소를 불어넣는데 제법 시원했다. 간단하게 집을 정리하고 천천히 걸음을 옮겨 미술 수업을 들으러 갔다. 일 년 전부터 그림을 배우고 있는데, 코로나로 몇 달 쉬다가 다시 시작했다.

요즘은 아크릴화를 배우고 있는데, 수채화와는 또 다른 느낌이다. 물감이 물속에서 스스로 제자리를 찾아 이동하는 수채화와 달리 아크릴화는 겉으로 보이는 색깔은 비슷해도 원칙적으로 다른 방식을 추구한다. 자신들의 힘을 과시하기 위해 물을 이용한다고 할까. 그래서인지 아크릴화 작업을 할 때는 나도 모르게 어깨에 힘이 들어간다. 하긴 수채화도 처음 배울 때도 그랬으니, 단순히 아크릴화라서 힘들다고 말하면 안 될 것 같기도 하다. 처음은 원래 어려운 거니까.

미술 수업을 마치고 집으로 돌아오니, 집을 나설 때의 온도가 유지되고 있었다. 마스크를 뚫고 살짝 밀어 넣는 힘이 부족하지 않았다. 네이버에는 중국과 미국의 힘겨루기, 북한의 무력시위에 대한 항의가 올라와 있다. 지구가 자정능력(自淨能力)을 실험하며 온도를 높이는 것에 대응하기도 벅찬데, 눈과 귀, 가슴을 겨냥한 일련의 사건들이 덩달아 온도를 높여보겠다고 부추기고 있다. 머리가 복잡해져 온다. 세차게 고개를 흔들면서 조금씩 완성되어가는 아크릴화를 떠올렸다.

"다음 주에는 완성해야지"

급하게 나간다고 제대로 정리하지 못했던 집안일을 시작했다. 아침에 들었던 노래가 흘러나오고 있다.

"I wish I had've known this before..."

*

"아마 장식품 될걸?"

바이올린을 매만지는 둘째를 바라보는 남편의 말을 큰소리로 받아쳤다.

"아니야. 잘 할 수 있을 거야"

지금까지의 시간을 미루어 특히, 친정 부모님께 고마운 것이 있다. 나에게 평생의 친구가 될 수 있는 피아노를 배우게 해 주었다는 것이다. 멋진 직업을 가진 커리어 우먼을 상상하셨는지, 우아한 클래식

음악이 흘러나오는 집의 사모님이 되기를 바랐는지 알 수 없다. 다만 아는 것, 할 수 있다는 것, 잘하는 것에 목말랐던 부모님의 갈증 덕분에 나는 피아노 학원을 다닐 수 있었고, 전공을 목표로 한 것이 아니었기에 초등학교를 졸업하면서 그만두었다. 이때의 경험이 음악, 나아가 예술에 대해 열린 마음을 갖게 된 결정적인 계기라고 단정할 수는 없겠지만, 암묵적으로 내 삶에 흐르는 예술적 관심에 가장 큰 영향력을 발휘했다고 믿고 있다.

지금도 혼자 피아노를 칠 때가 있다. 기분이 좋을 때, 아니 좋아지고 싶을 때. 울고 싶을 때, 그냥 무언가를 막 두드리고 싶을 때, 무슨 마음인지 모를 때, 글이 잘 써지지 않을 때, 나는 피아노 앞에 앉는다. 그러면 일순간 마음이 고요해진다. 이것저것 두드리다가 '워털루 전쟁'을 치는 날도 있고, 치지 않는 날도 있다. '워털루 전쟁'은 학원을 다니면서 연습했던 대회 준비곡이다. 희한하게도 다른 곡은 거의 모두 잊었는데, 이 곡은 완벽하지는 않아도 악보를 보면 대충 칠 수 있다. 그만큼 반복했다는 의미이며, 그만큼 혼나면서 배웠다는 얘기겠지만.

하여간 그렇게 피아노를 치고 나면 처음의 감정이 온데간데없이 사라지면서 불필요한 것들과 거리를 확보한 느낌이 든다.

정말 예전에는 알지 못했다. 선생님께 혼나는 게 싫어 어떻게 하면 학원을 그만둘 수 있을까, 나중에 그만두면 절대 피아노 안 칠 거야, 이런 생각만 했었지 마흔여섯의 내가 '워털루 전쟁'을 연주하면서 위로받을 거라고는 상상도 못했다.

지금 내가 하려는 '실험'도 비슷하다. '시도'라고도 할 수 있고, '도전'이라고도 할 수 있다. 나는 두 아이가 악기를 하나씩 다루기를 원한다. 불확실한 세상에 대한 성공적인 투자라기보다는 보다 본질적인 관점에서 음악이나 예술에 대한 호기심이 묻어나는 삶을 살아가길 희망하기 때문이다. 개성이 묻어나는 음표로 멋들어지게 작곡하거나 루벤스가 울고 갈 작품을 완성하기를 바라는 것도 아니다.

내가 바라는 것은 한 가지, 자정 능력(自淨能力)을 발휘해 스스로를 본래의 궤도로 끌어올 수 있는 도구를 가졌으면 좋겠다는 바람이다. 그리고 그 방법을 내가 경험한 것, 내가 느낀 것으로 알려주려는 것뿐이다.

큰 아이는 플루트를 배우고 있다. 초등학교 저학년일 때 피아노를 배웠지만, 학원을 그만둔 후로는 관심을 보이지 않았다. 고학년이 되어서 방과 후로 플루트를 배우기 시작했는데, 역시 얼마 지나지 않아 졸업과 함께 끝났다. 그러다가 얼마 전부터 일주일에 한 번씩 다시 플루트를 배우고 있다. 반신반의하면서 시작한 플루트에 재미가 붙은 모습이다. 아주 가끔이지만 플루트 연주를 들려주는데, 마치 피아노를 마주하고 있는 기분이다.
'너에게 좋은 친구가 생겨 다행이야'

문제는 둘째였다. 도무지 감흥이 없었다.
어떻게 해서든 음악에서 벗어나려고 애쓰는 느낌이었다. 피아노 학원을 억지로 몇 달 보냈지만 연일 '이건 아니다'라는 아우성을 보내왔다. 결국 두 손을 들어야 했다. 드럼은 괜찮을 것 같다는 얘기에 기분 좋게 시작했지만, 한계가 있었다. 일주일에 한번 학원에서의 30분 연습이 전부였다. 스스로 연습하고 잠시라도 즐길 수 있는 상황을 만들어줄 수 없었다.

변화가 필요했다.

"그럼 말고 우리 다른 것을 알아보자"
선생님에게 배우고 집에서 10분이라도 연습할 수
있는 악기를 찾았다. 결사반대라고 주장하는 피아노
를 빼고 나니, 남는 것이 '바이올린'이었다.
"바이올린 어때?"
"음... 생각은 해볼게"

단호한 NO가 아니었다. 긍정적인 신호였다.
둘째는 게임 대장이긴 하지만, 남자아이치고는 섬세
하고 차분한 성격이다. 그래서 과감하게 밀어붙였다.
"딱 일 년만 바이올린 배워보자"라고.

"아마 장식품 될걸?"
"아니야. 잘 할 수 있을 거야"

어떤 결과를 마주할지 나도 장담할 수 없다. 그저
아이와 바이올린의 인연이 오래가기를 바랄 뿐이다.
물론 나의 욕심으로 시작된 일이다. 다만 내가 그랬
던 것처럼, 나중에 시간이 흘렀을 때 가치를 다시
평가할 날이 오지 않을까, 상상력을 발휘해보고 있

을 뿐이다. 고래도 춤추게 만든다는 칭찬과 함께.

살아간다는 것은 자신이 알고 있는 것, 옳다고 믿는 것을 끊임없이 재확인하는 과정이다. 지금까지의 경험을 통해 스스로 높게 평가한 것을 계속해서 논의의 대상으로 만들어보면서 말이다.

아이들이 저마다 악기를 하나씩 다루기를 바라는 마음도 그 연장선에서 출발했다. 두 아이에게 왜곡 없이 잘 전달되었으면 좋겠다. 조금 욕심을 부린다면, 친절로 기억되었으면 좋겠다는 바람이다. '엄마의 욕심'으로 기억되지 않고 말이다.

경험이 다르다는 것

어릴 때, 친하게 지내던 동생이 자전거를 타다가 교통사고를 당했다. 그리고 한 마디의 말도 없이 세상과 이별했다. 벌써 오래전의 일이다. 그날의 죽음은 곁에 있던 모든 사람에게 저마다의 상처를 남겼다. 마치 날카로운 송곳으로 가슴을 후벼 판 것처럼, 깊고 아픈 흔적을 남겼다. 누구보다 가깝게 지내던 아버지와 어머니의 충격은 상당했다. 그렇잖아도 걱정 많은 분들이신데, 불안과 두려움으로 일상생활에서 걱정할 거리가 더 늘어난 것이다. 사고 이후, 엄명이 떨어졌다.

"절대 자전거는 안 돼!"

자전거는 교통수단이 될 수 없었고, 즐거움의 친구가 될 수 없었다. 위험한 물건이었으며, 잔인한 도구였다. 우리 역시 그 상황을 딱히 거부하지 않고, 암묵적으로 받아들였다. 자전거에 올라탈 상황을 애써 만들지 않았다. 어쩌다가 친구들과 자전거를 타게 되면 아무렇지도 않은 척 페달을 밟으면서도 혼자 불안해했다.

"이러다가 사고 나는 거 아닐까?"

스물몇이었다. 회사가 서울로 이전하면서 원치 않는 실직을 하게 되었다. 부모님은 딸이 서울에서 생활하기를 원치 않으셨고, 나 역시 애써 모험을 감행하지 않았다. 답답한 마음으로 시간을 보내고 있을 때, 용기 내어 자전거를 구입했다. 물론 부모님께는 비밀로 하고.

자전거를 여기저기 옮겨 다니면서 숨겼던 기억이 난다. 지금처럼 차를 가진 것도 아니었고, 어딘가를 향해 몸을 움직이고 싶을 때 부모님 몰래 자전거를 끌고 나와 페달을 밟았다. 빠르지 않은 속도로 30분 정도 달리면 태화강에 도착했다. 순간적으로 많은 양의 산소가 몸속으로 들어오는 느낌이 좋았다. 결국 나중에 부모님께 들켰지만, 스물을 훌쩍 넘긴 딸을 어떻게 하지는 못하셨다.

물속에 잠들어 있던 자전거에 대한 복합적인 감정이 수면 위로 올라올 이유도, 상황도 없었다. 자전거가 본격적으로 문제의 대상이 된 것은 큰 아이가 자전거를 타고 싶다는 마음을 드러내면서부터였다.

아이는 친구처럼 자전거를 갖고 싶어 했고, 빠른 속

도로 자유롭게 달리기를 원했다. 그 모습에 대해 남편은 누구보다 격하게 환영했고, 어떻게 하면 자전거를 더 쉽게, 즐겁게 탈 수 있도록 도와줄까를 연구했다. 단계적으로 자전거 타는 방법을 가르쳐주고, 자전거 타는 즐거움에 대해 아이에게 열심히 전달하고 있었다.

그 지점이었다. 나는 애써 자전거 탈 상황을 만들어 주고 싶지 않았고, 좋아하지 않도록 노력하고 있었고, 잘 탈 수 있는 방법을 애써 찾지 않았다. 오히려 지금이 아니면 더 좋을 것 같았고, 아이가 굳이 찾지 않으면 자전거를 숨겨두고 싶었다. 그런 나를 남편은 도무지 이해할 수 없다는 표정으로 바라보았던 기억이 난다. 하긴 남편의 입장에서는 결코 내가 이해되지 않았을 것이다.

남편은 대학을 입학하면서 집을 떠났다. 그전까지 남편은 집에서 15분 정도 떨어져 있는 고등학교를 자전거로 통학했다. 중학교는 30분 정도 자전거를 밟고 달렸다고 한다. 남편에게 자전거는 발이었고, 날개였다. 자전거는 학생이 누릴 수 있는, 거의 완벽에 가까운 자유를 남편에게 선물해 주었고, 남편은 상상과 현실을 자유 비행하면서 페달을 밟았다. 남편에게 자전거는 삶의 의지를 북돋아주는, 고민을 떨쳐낼 수 있도록 도와주는 친구였던 셈이다. 그런 남편이 보았을 때 자전거에 대한 나의 거부감은 강박증에 사로잡힌 환자처럼 보였을 것이다.

결과적으로 나의 걱정을 누르는 방식을 택할 수밖에 없었다. 무엇보다 아이가 원했다. 자전거를 타면서 환해지는 아이의 얼굴을 지울 수 없었다. 곧 자전거를 타러 나간다는 생각에 노래를 흥얼거리는 아이의 마음을 외면할 수 없었다. 그래서일까. 가능하면 따라나서지 않았다. 남편과 아이를 걱정스럽게 바라보는 것보다 차라리 눈에 보이지 않는 것이 나을 것같았다. 다만 준비만큼은 철저했다. 머리에서부터 발끝까지 준비할 수 있는 장비는 모두 갖추었다. 그리고는 현관문을 나서는 아이에게 의미 없는 말을 꼬리표처럼 달아 붙여 내보냈다.

"천천히 타..."
"빨리 달리지 말고..."
"사람 보이면 멈추고..."
"빠르게 달리는 자전거 있으면 그때는..."

손주들이 자전거를 타기 시작했다는 말에 친정 부모님에게서 수시로 전화가 왔다. 가능하면 타지 않도록 해라고, 절대 빨리 달리지 말라고, 어른이 자전거를 붙잡고 있어야 한다고, 사고 나지 않도록 조심하라고, 신신당부하셨다. 부모님의 걱정스러운 마음을 아는 터라 일부러 아무렇지도 않은 척 얘기했다.

"걱정 마세요. 공원 안에서만 타니까 괜찮아요. 애들 헬멧도 씌우고 보호대도 하고, 완벽하게 준비해서 천천히 타고 있어요. 그러니 아무 걱정 마시고 편하게 계세요"

나는 대범한 척했다. 아이를 위해서, 부모님을 위해서, 그리고 나를 위해서 그래야만 했다. 모두에게 좋은 방법이라는 생각으로 말은 그렇게 했지만, 사실 그 짧은 순간에도 불안과 걱정을 떨쳐내지 못했음을 인정한다.

'엄마, 아빠. 나도 그래요. 나도 그렇게 말하고 싶어요. 실은 나도 걱정이 많이 되어서... '

아픈 기억이 있는 사람에게 '그건 아픔이 아니에요'

라고 얘기할 수 없는 일이다. 아픔은 아픔이다. 아프다고 하면 아픈 것이다. 조금씩 아픔이 잦아들기를 기다려주고, 스스로 그 아픔과 멀어질 수 있도록 시간을 주는 것이 배려라고 생각한다. 그런 측면에서 남편에게 고마운 점이 많다. 아이의 욕망과 나의 불안을 오가면서 답답함을 토로하지 않았고, 매사 걱정이 넘치는 일상에 대해서도 시간을 갖고 지켜봐주었다.

세발자전거, 두발자전거로 단계를 이동하면서 두 아이 모두 남편에게서 자전거 타는 법을 배웠다. 다행히 큰 걱정이나 두려움 없이 배운 것 같다. 나와 달리 자전거에 대한 좋은 기억을 가진 것 같다. 아마 엄마에게 자전거를 배웠다면 결코 그런 추억을 갖지 못했을 것이다. 걱정이 넘친 엄마에게 늘 '천천히'를 들으며 '조심조심' 타기 위해 노력했을 테니 말이다.

우리는 경험으로 삶을 이어나가고 있다. 어제의 경험으로 오늘을 살아간다고 해도 과언이 아니다. 좋은 경험이 많으면 좋겠지만, 좋은 경험만으로 가득 찬 삶은 없다. 동시에 나쁜 경험만으로 가득 찬 삶도 없다. 그러므로 경험을 허용하되, 경험에 묶이지 않도록 보편성과 특수성을 함께 고려해야 한다. 경험 자체를 사라지게 만들 수는 없으니 말이다.

서로 다른 사람이 만나 함께 살아가는 세상이다. 이해와 배려가 필요하다. 경험이 다르다는 것은 서로 다른 길을 걸어왔다는 의미이며, 다른 풍경을 경험했다는 뜻이다. 맥락적으로 접근하고, 서사적으로 이해할 필요가 있다. 어쩌면 "왜 이렇게 다르지?"가 아니라 "이렇게 의견이 똑같다니!"를 의심해야 할지도 모른다. 정말 생각이 똑같은지, 어떤 희생이나 양보 위에 만들어진 것은 아닌지. 조금 다르게 바라볼 필요가 있다.

무엇보다 다른 경험을 가지고 있다는 사실을 잊지 않는 것이 중요해 보인다. 인디언 속담처럼 이곳에 오기 위해 어떤 길을 걸어왔는지 우리는 알 수 없다. 경험이 다르다는 것은 단순히 경험의 차이가 아니다. 인생과 마주하는 방식의 차이며, 세상을 이해하는 방식의 차이다.

오뚝이처럼 살아야 한다

"어떻게 이럴 수가"를 입에 달고 살았던 시절이 있었다. '절대로 이해할 수 없는 것'이라며 원망 가득한 눈으로 세상을 흘겨보던 시절이 있었다. 그랬던 내가 지금은 많은 부분에서 달라졌다. '어떻게'와 '절대로'를 무기로 삼았던 사람이 이제는 많은 부분에 '그럴 수도 있지'라고 말하게 되었다. 나이를 먹어서일 수도 있고, 경험이 영향력을 발휘해서 그럴 수도 있고, 아니면 정말 누구 얘기처럼 조금 성장해서 그럴 수도 있을 것 같다.

나에게 아버지는 거대한 산이자, 높은 벽이었으며, 동시에 든든한 바람막이였다. '절대로 이해할 수 없는' 사람 중의 한 명이기도 했다.

그렇지만 일 년에 몇 번밖에 만나지 못하는 요즘, 내려앉은 어깨가 신경 쓰이고, 머리가 하얘진 모습이 안타깝다. 익숙한 대상과 멀어지고 새로운 상황을 마주하게 되면 그 익숙함이 새롭게 느껴진다고 했던가. 부모님과 떨어져 생활하고, 부모가 되면서 아버지를 바라보는 마음에도 작은 변화가 생겨났다.

'이해할 수 없었던 아버지'에서 '조금 더 이해하고 싶은 사람'으로 바뀐 것이다. 아버지 역할 이전에 한 사람의 꿈, 소망, 희망에 대해 생각해보게 되었고, 과정에서 겪었을 기쁨, 슬픔, 즐거움, 아픔에 관해 들여다보는 시간이 늘어났다. 공감할 수 있는 부분이 생각보다 많았다. 이런 신비로운 경험은 다른 것에도 영향을 주었는데, 특히 큰 목소리로 내가 옳다면서 호언장담하는 모습에 의문을 가지게 했고, 나의 기억이 왜곡되었을 가능성에 대해서도 생각해보게 만들었다.

나이를 먹는다는 것은 삶의 유한함을 이해하고, 이해할 수 없는 일에 대한 이해를 넓혀가는 과정이라는 생각이 든다. 자신의 그릇이 어느 정도인지 재어보고 비워내면서 말이다. 물론 내가 나이 듦에 대해 제대로 이해했다면.

내 인생의 유한함을 이해하고, 아버지 인생의 유한함에 대한 이해를 넓히기 위해 노력해보고 있다. '그럴 수도 있는 일'을 넘어 '그럴 수밖에 없었던 일'이라는 스토리로 아버지의 인생에 보다 많은 의미를 얹어주고 싶어졌다.

*

흩어져있던 어떤 것이 순간적으로 머릿속으로 스쳐 지나갈 때가 있다. 순탄하게 살아오지 못한 아버지 의 삶은 어떤 식으로든 풀어야 하는 숙제였다.

원하는 것이 있었지만 원하는 대로 살 수 없었던 아 버지. 아버지는 인생의 희망을 자식에게 걸었고, 하 필 내가 첫 번째 타자였다. 홈런을 치고 당당하게 홈으로 되돌아오기를 희망했던 아버지의 기대와 달 리 나는 일찌감치 삼진 아웃 되었다. 다음 타자로 등판한 동생들도 홈런을 만들어내지 못했다. 그 시 대의 모든 아버지의 바람이 그것이었겠지만, 자식이 잘 되기를 바라는 마음이 가장 중요한 일이었겠지 만, 나는 그런 아버지의 기대가 내심 부담스러웠다. 힘들었지만 힘들다고 말하지 못했던 시절이었다. 아 마 나의 열등감이 태어난 곳이지 싶다.

아버지는 심판이었다. 괜찮은지, 잘 하고 있는지 항 상 신호를 보냈는데 매번 나는 빨간색이었다. 인정 받으려고 노력하지 않으면서도 가장 인정받고 싶었 던 사람, 내게 아버지는 그런 존재였다.

아버지. 내가 나를 이해하는 과정에서 가장 마지막에 만났다. 아버지는 '나'를 세상에 태어나게 한 존재이면서 동시에, '나'라는 존재의 가치를 가장 많이 의심하게 만들었다. 그래서 의도적으로 마주하지 않으려고 강하게 부정하거나 외면하는 방식으로 피해왔다. 하지만 이제는 더 이상 나를 아프게 하는 사람이 아니다.

"왜 그렇게 해야 하는데요?"
"왜 제가 그렇게 살아가길 바라는데요?"
"왜요?"라는 물음을 스스로에게 참 많이 던졌다. 그렇다고 아버지에게 용기 내어 물어본 적도 없다. 하지만 기억을 더듬고 생각을 이어가다 보면 희한하게도 그때마다 똑같은 목소리가 들려왔다.
"오뚝이처럼 굳세게 살아야 한다"
"너희는 나보다 더 잘 살아야 한다"

*

친정에 가면 흑백사진이 몇 장 있다. 어디 여행 가서 찍은 것도 있고, 모임에서 찍은 것도 있었다. 간혹 아버지 회사에서 찍은 사진도 몇 장 있었는데,

기억나는 사진이 몇 개 있다. 지금은 찾아보기도 힘든 철제 책상에 앉아 펜을 들고 카메라를 바라보면서 입꼬리를 살짝 올린 사진, 축구를 한 이후인지 장발의 아저씨 몇 명과 함께 서 있는 사진, 회식 자리에서 기분이 좋았는지 하늘 높이 소주잔을 들고 있는 사진, 노래방은 아닌 것 같고 자갈밭에서 마이크를 들고 노래 부르는 사진까지. 흑백 사진 몇 장이 유일한 증거물로 남아 아버지에게도 젊은 시절이 있었음을 증명해 주고 있다. 그중에 가나안 농군학교에서 찍은 사진이 있었다.

가나안 농군학교.
어떤 곳인지, 무엇을 하는 곳인지 몰랐다. 단순히 아버지 회사에서 어디를 갔고, 그곳에서 찍은 단체 사진이라고 생각했었다. 농민을 교육하고 사회 지도자를 양성해 덴마크처럼 보다 선진화된 농업, 사회 시스템을 만들기 위한 공간이라는 것은 몰랐다. 그곳에서의 과정에 대해 직접 이야기를 들은 적은 없지만, 굉장한 자부심을 느끼시는 분위기였다.

아버지는 늘 세상이 호락호락하지 않다고 말씀하셨다. 그러면서도 노력하면 세상을 나의 편으로 만들 수 있다는 얘기도 빠뜨리지 않으셨다. 세상 일이 마음대로 되는 것은 아니지만, 내가 어떻게 하느냐에 따라 다른 세상을 만들 수 있다고 강조하셨다. 아버지의 그러한 모습에 대해 생각에 빠진 어느 날, 가나안 농군학교 사진이 떠올랐다. 아버지가 배운 것, 아버지가 알게 된 것을 우리에게 전부 알려주고 싶으셨을 거라는 마음이 스쳐갔다.

어떤 날인지는 모르겠다. 어느 날 오뚝이가 생겼고, 오뚝이를 한 손으로 밀었다가 일어서면 다시 밀었던 기억이 난다. 지금처럼 알록달록한 캐릭터 오뚝이는 아니었다. 온몸이 눈사람처럼 하얀색이었고 목에는 리본 같은 것을 매고 있었던 것으로 기억한다. 노란 셔츠를 껴입고 있었는지는 모르겠다. 눈은 정면을 주시하고 있었고, 검은색 단추 같은 것이 있었던 것 같다. 명확하게 떠오르는 것은 아니지만, 주변에 누가 앉아 있었는지는 모르겠지만, 마치 정지 화면처럼 오뚝이를 가지고 놀았던 장면이 기억난다.

기억 속에 있는지도 몰랐던 오뚝이를 떠올린 것은 초등학생 독서수업에서였다. 지정도서로 진행하고 있었는데, 그날 책이 「복실이네 가족사진」이었다.

복실이, 연실이, 세실이, 그리고 훈이까지, 네 아이를 위해 아버지가 선물을 준비했는데 그때 훈이에게 오뚝이를 선물한 것이다. 누웠다가 일어나는 오뚝이를 가리키며 아버지가 얘기했다.

"너희 모두 오뚝이처럼 굳세게 살아야 한다"

스파크가 일어난 것처럼 신경세포가 항로를 벗어나 정신없이 달리는가 싶더니 한쪽 구석에 잠들어있던 오뚝이는 끌고 나왔다.

"오뚝이처럼 굳세게 살아야 한다"

꿈인 것처럼, 꿈이 아닌 것처럼 아버지의 목소리가 들려왔다. 아버지가 심판이었다는 사실이 더 이상 불편하지 않아서일까. 그리움과 고마움의 감정이 마음 한구석에서 올라왔다. 기억은 의식적인 것 이전의 무의식 세계를 보여주었고, 내가 알고 있던 것과 다른 모습이었다.

"너희는 나보다 더 잘 살아야 한다"

어린 시절 삼진 아웃 기억에서 완벽하게 자유로운 것은 아니다. 하지만 조금은 다른 사람이 되어 여러 각도에서 문제를 풀어보고 있다. 이런 나의 예상하지 못한 변화에 아버지는 여전히 마음을 놓지 못하시면서도 호기심을 느끼시는 모습이다.

예전에는 아버지를 바꿔보려고 했고, 세상을 이해하는 방식을 바꿔드리려고 했다. 하지만 이제는 아니다. 아버지가 당신의 인생을 걸고 넘겨주고 싶었던 것이 무엇인지, 한 세대가 다음 세대에게 기대하는 것이 어떤 것인지 조금 알게 되었기 때문이다. 그래서인지 요즘은 어떤 변화보다 아버지의 삶, 그 자체에 대해 생각해보는 시간이 많아졌다. 자식을 위하거나 무엇을 위해서가 아닌 오롯이 한 사람의 생(生)에 대해 생각해보고 있다.

남아 있는 아버지의 시간이 평온함으로 가득했으면 좋겠다. 아버지 이전에 한 개인으로 굳세게 살아온, 끈질기게 노력한 생(生)의 조각을 곱게 연결하여 나름의 하모니로 하나의 작품을 완성할 수 있으셨으면 좋겠다. 그 누구도 아닌 아버지의 삶 자체가 '잘 살았던 삶'으로 기록되었으면 좋겠다.

시집가면 못한다니까

"시집가면 큰돈 들여서 하고 싶어도 못해. 다른 말 하지 말고 무조건 지금 해..."

지금으로부터 17년 전, 친정엄마 손에 이끌려 치과를 찾았다. 치과에서 검진받고 충치는 물론 잇몸치료를 끝낼 때까지 친정엄마는 다 큰 딸의 손을 붙잡고 치과에 데려갔다. 나중에 아플 때, 필요할 때 그때 해도 늦지 않다고 여러 차례 얘기했지만 통하지 않았다. 친정엄마는 단호했다.

내 입안에 금니가 만들어진 것이 그때였다. 치과 선생님은 약간 과장된 표현과 함께 치료를 강조했고, 친정엄마는 치과 선생님을 전적으로 의지했다. 몇 달 동안의 치과 치료는 정해진 수순이었다. 치료에 따른 고통을 억지로 참으면서 엄마를 따라 치과에 갔던 어느 날이었다. 예상했던 것보다 훨씬 많은 돈이 결제되는 광경을 지켜보고는 치과 문을 밀고 나오면서 엄마에게 말했다.

"엄마, 나중에 해도 되잖아. 아플 때 그때 와서 치

료받으면 되는데, 큰돈 들여서 할 필요가 있을까? 돈은 돈대로 들고, 고생은 고생대로 하고..."
엄마의 대답이 들려왔다.

"나중에 한번 살아봐. 너 치과 가서 치료하고 돈 들이는 거 마음대로 안 돼. 애들 치료는 해도 자기한테 큰 돈 들여서 치료하는 건 못하게 되어 있어. 돈이 한, 두 푼 하는 것도 아니고. 시집가면 큰돈 들여서 하고 싶어도 못하니까 지금 엄마가 해 준다고 할 때 그냥 해. 딴말하지 말고 무조건 지금 해!"

딸의 잔소리에도 불구하고 엄마는 치과 가는 것을 포기하지 않았다. 살아봐야 안다고 했던가. 덕분에 결혼 후 지금까지 치과 치료를 받은 적이 없다. 얼마 전, 스케일링을 받은 것을 제외하면. 실로 고마운 일이었는데, 그때는 몰랐다. 고맙다는 말보다 징징거리면서 아프다는 얘기만 연신 내뱉었다.   그때를 생각만 하면 지금도 엄마에게 미안하다.

"엄마, 고마워요. 큰돈 들여서 치과치료해 준 덕분에 여태까지 잘 지냈어요. 엄마, 많이 감사해요"

할머니도 지금 태어나고 싶어

"할머니도 지금 태어나고 싶어. 공부하고 싶은 거
하고, 마음대로 다니면서..."
손녀와 함께 길을 걷는 엄마의 목소리가 들려온다.
아주 오래전에 들었던 말이다. 엄마는 비슷한 얘기
를 내게 많이, 자주 했었다.
"배울 만큼 배웠겠다, 왜 집에 있어? 하고 싶은 거
하고, 배우고 싶은 거 배우고, 가고 싶은 곳 가고,
그렇게 살아. 엄마는 다시 태어나면 결혼도 안 하
고, 공부 많이 하고, 가고 싶은 곳 마음대로 가고,
그렇게 한번 살아보고 싶어..."

함소원과 그녀의 친정엄마가 함께 방송에 나왔다.
함소원은 어렸을 때, 친정엄마의 마음도 모르고 철
없이 말하고 행동했던 것이 마음에 걸렸다며, 진심
으로 사과하고 고마움을 전하기 위해 방송에 참여했
다고 말했다. 방송 후반, 함소원이 친정엄마에게 고
맙고 미안한 마음을 전하며 했던 말이 생각난다.

"다음 생(生)에는 내 딸로 태어나, 내가 잘해줄게"

혜정이를 낳아 키우면서 엄마의 마음을 조금 알게 되었다는 함소원의 고백. 비단 그녀만의 이야기가 아니었다. 나의 이야기였고, 엄마라는 이름에 고마워하는 모두의 마음이었다. 눈물을 머금은 함소원의 고백에 친정엄마는 이렇게 대답했다.

"나비로 날아다니다가 이름도 없이 죽고 싶어. 안 태어나고 싶어"

"너희 낳은 것만으로도 너무 보람 있었어"

천천히, 조금씩 말을 이어나가는 친정엄마의 독백에 가슴이 먹먹해지는 것은 어쩔 수 없었다. 함소원도 울었고, 나도 울었다. 살아온 세월, 견뎌온 시간에 비해 "사랑합니다"라는 단어는 가난하고 빈약했다.

"조상님을 잘 모셔야 한다"

"맏이가 모범이 되어야 한다"

"여자는 남편 말 잘 따라야 한다"

돌아가신 외할아버지께서 엄마에게 유언처럼 남기신 말씀이다. 엄마는 충실히 그 말씀을 수행했다. 아주 가끔이지만 혼자 상상해본다. 만약 아버지가 나에게 그랬다면, 과연 나는 어떻게 했을까? 암만 생각해도 호의적인 그림이 떠오르지 않는다.

어른을 공경해야 한다는 것은 엄마에게 어려운 일이 아니었다. 하지만 나머지는 무언가를 시도하고, 조금 손이 컸던, 여장부 스타일이었던, 넓은 세상을 경험하고 싶었던 엄마에겐 쉽지 않은 주문이었다. "여자가..."라는 말에 누구도 토를 달지 못했던 시절을 운명처럼 안고 살아야 했으니까.

그런 시절을 살아온 엄마가 손녀에게 무심한 듯 쏟아낸 말이 헤어져 집으로 돌아오는 내내 머릿속에서 떠나지 않았다. 애틋하고 안타까웠다. 그래서일까. 함소원이 친정엄마에게 했던 말이 내 입에서도 나왔다.

"엄마, 다음 생(生)에는 내 딸로 태어나. 내가 잘해줄게. 내가 공부도 하게 해주고, 가고 싶은 곳도 마음껏 다니면서 살 수 있도록 도와줄게..."

엄마는 뭐라고 대답할까?
"너무 좋지. 나도 그러고 싶어"라고 말할까.
아니면, 함소원의 친정엄마처럼 얘기할까?
"나비로 날아다니다가 이름도 없이 죽고 싶어"
"너를 낳은 것만으로도 보람 있었어"

뭐든 해놓고 나중에 보면, 잘한 거드라

오랜만에 어머님 얼굴을 뵙고 왔다. 대구에서 코로나 확진 환자가 무더기로 쏟아지기 시작할 무렵, 어머님에게서 전화가 걸려왔다.

"너희 대구 있지 말고 경주에 내려오는 게 낫지 않겠나?"

"아니에요. 어머님, 저희 내려가면 동네에 계시는 다른 분들 걱정 많으실 거예요. 저희가 안 움직이고 여기서 조심하는 게 더 나을 것 같아요"

그 후 걱정하실 것 같아 2, 3일에 한 번씩 전화로 소식만 주고받다가 몇 달 만에 경주를 다녀왔다.

몇 년 전, 어머님 칠순잔치를 할 때였다.
큰아들인 남편은 어머님을 이렇게 소개했다.
"우리 어머님은 장군이십니다"
어머님은 지금까지 농사에 의지하며 살아오셨다. 시골에서 생활하시는 대부분 어른들처럼, 어머님은 아침을 조금 일찍 시작하고, 저녁도 조금 일찍 닫으신다. 그래서일까, 오랜만에 내려가는 길이라 서둘러 나섰지만, 역부족이었다. 새벽부터 움직이셨는지 많은 일이 끝나 있었다. 남편은 무엇이라도 해드리고 싫어 했지만, 오랜만에 찾아온 아들을 위해 어머님은 일거리를 만들지 않으셨다. 그러다가 어머님 시선이 올해로 만든 지 3년째 되는 비닐하우스로 옮겨졌고, 하우스를 덮어놓은 비닐이 날아가지 않도록 끈으로 연결해놓자는 얘기를 건네셨다. 남편을 뒤따라 일어서는데, 어머님께서 말씀하셨다.
"너는 안 나와도 된다. 둘이 하면 된다"

다른 거라면 몰라도 끈을 연결하는 정도는 충분히 도울 수 있을 거라는 생각에 운동화를 신고 따라나섰다. 마무리되는 모습을 지켜보다가 부엌으로 돌아와 점심을 준비했다. 매번 그렇지만 경주에 내려오면 밥 한 그릇을 깨끗하게 비운다. 오랜만에 만난 녹색 채소가 마냥 좋다. 덕분에 두 그릇을 비우는 날도 있다.

"어머님, 참 희한해요. 여기 와서 밥을 먹으면 왜 이렇게 맛있죠? 한 그릇 뚝딱이예요"
"맛있는 게 뭐가 있노? 맨날 김치하고 나물밖에 없는데…"
"어머님, 이게 좋은 거죠!"
"잘 먹어줘서 내가 좋다. 고맙다"

나는 알고 있다. 어머님께서 우리가 내려간다고 하면 전날부터 준비해 물김치나 채소로 반찬을 만들어 놓는다는 것을. 다시 대구 올라갈 때를 위해 미리 반찬통에 담아놓으신다는 것을. 어머님의 마음이 담뿍 담긴 반찬이 맛이 없다면, 오히려 그게 더 이상한 일이다. 두런두런 이야기를 나누며 마지막 숟가락을 입으로 가져갈 때였다. 비닐하우스를 바라보시던 어머님께서 무심한 목소리로 말씀하셨다.

"뭐든 해놓고 나중에 보면, 잘한 거드라"

이른 새벽부터 움직여 몸이 많이 고단하셨던 어머님. 하지만 올해 고추를 말려야 하는 비닐하우스가 계속 신경 쓰이셨던 모양이다. 혼자서는 비닐하우스를 가로질러 양쪽을 단단하게 연결하는 작업이 쉽지 않아 고민하고 계셨다가 큰아들과 함께 마무리를 하고 나니 한결 마음이 놓이시는 것 같았다.

"거창하거나 대단한 것이 아니더라도 관심을 가지고 행동으로 옮기는 것이 결과적으로 중요한 의미를 가진다"

자기계발 책에서 나올만한 메시지가 흘러나오고 있

었다. 시도가 중요하고, 시도는 의미를 가진다는 것을 어머님은 농사에서 터득하신 것 같다. 삶에 대한 태도가 모든 것을 말한다고 했던가. 너무 뜨겁지 않은 온도에서 뭉근하게 건네는 어머님 말씀이 마치 책 한 권을 읽은 느낌이었다.

우리는 어디에서든 배울 수 있다. 말에서든, 행동에서든, 어디에서든 새로운 기운을 얻을 수 있다. 귀로 전달되는 것이 나를 도와주는 메시지라고 생각하면, 일상은 생각보다 훨씬 가치 있는 공간이다. 고여 있던 것을 흘려보낼 수 있다면, 새살이 돋아나는 기분까지 얻을 수 있다.

밥상을 밀쳐놓고 남편, 어머님과 둘러앉아 과일을 먹을 때의 마음이 그랬다. 좋은 기운이 슬쩍 몸속으로 들어와 내 안의 어떤 것과 포옹한 느낌이었다. 어머님은 모르실 것이다. 당신이 무심하게 던진 파도에 며느리가 몸을 맡기고 춤을 추었다는 사실을.

남편은 '취미'라고 했다

결혼하던 해, 〈문학 21〉이라는 문예지를 통해 등단했다. 몇 번 신춘문예에 떨어지던 찰나에 한줄기 희망이 찾아온 것이다.

"지금부터 열심히 하면 될 거야"

가능성에 무게를 두고 앞으로의 방향을 고민했지만, 마땅히 떠오르는 것이 없었다. 방법을 몰랐고 상황도 여의치 않았다. 태어난 지 얼마 되지 않은 아이를 두고 어디 가서 문학수업을 듣거나 따로 공부하는 것은 불가능해 보였다. 재택근무여서 일정 시간 동안 일을 해야 했고, 육아를 병행하면서 뭔가를 새롭게 계획하고 시도하는 일은 현실적으로 어려움이 따랐다. 방법은 하나뿐이었다.

"집에서 할 수 있는 방법을 찾아보자"
"꼭 필요한 시간, 그 시간을 제외하고 남은 시간을 활용해보자"

내가 선택한 방법은 집에서 할 수 있는 배움이었고, 현실적인 해결책은 '읽기'와 '쓰기'였다. 상황이 극적으로 바뀔 확률은 높지 않았고, 육아로 묶여있는 동안, 내가 선택한 방법을 유지하기만 해도 성공이라며 스스로를 격려했다. 한국문인 협회도 그래서 가입했다. 매달 정기적으로 보내오는 책을 통해 글쓰기 선배님의 글을 읽으면서, 어떤 식으로 첫 문장을 시작하고, 스토리를 이어나가는지 습작하면서 시간을 보냈다.

'읽기'에는 시간과 돈을 투자했다. 하루에 몇 시간이라고 시간을 정해놓고, 가능하면 그 시간을 채우는 방식을 선택했다. 새벽 시간을 이용하거나 아이가 혼자 노는 시간, 낮잠을 자는 시간을 활용했다. 돈도 투자했다. 재택근무로 급여가 많지 않을 때였지만, 매달 10퍼센트를 도서구입에 투자했다. 도서관을 활용하면 좋겠지만, 지금처럼 활성화되어 있는 것도 아니었고, 아이를 데리고 도서관을 찾으려면 해결해야 할 문제가 몇 가지 있었다. 그래서 매달 책을 구매해 일정한 양을 완독하는 방식으로 공부를 이어나갔다.

마지막으로 '쓰기', 약간 구분해서 연습을 이어갔다. 전혀 호의적이지 않은, 날것의 감정이 맨살을 드러낼 때는, 일기 쓰기를 통해 생각과 감정을 나열하는 방식을 선택했다. 현재 어떤 감정인지, 그 감정이 어디에서 출발했는지, 원인을 찾기 위해 노력하면서 마구 쓰기를 했다. 말이 되는지, 안 되는지 검열하지 않고 쏟아지는 감정이 스스로 마침표를 찍겠다고 할 때까지 내버려 두었다. 글쓰기 연습이면서 동시에 감정을 다스리는 방법이기도 했다.

반면, 호의적인 주제, 긍정적인 감정에 대해서는 공개적인 장소에 글을 올리는 방식으로 진행했다. 아무래도 공개적인 장소에 글을 쓰면 더 많이 다듬게 되니, 조금 더 도움이 될 것 같았다. '쓰기'와 일정한 관계를 유지하기 위해 노력하는 과정에서 만난 것이 블로그이다. 2004년에 시작해 16년을 이어오고 있다. 요즘 블로그 덕을 톡톡히 보고 있다. 누구 얘기처럼 블로그 덕분에 밥 먹고살고 있다. 블로그, 이번 생(生)에 날개가 되어주고 있다. 2004년, 블로그를 처음 시작할 때만 해도 오늘 같은 날이 올 거라고는 상상도 못했는데 말이다.

남편은 이런 모습을 두고 '취미'라고 표현했다. 처음 그 말을 들었던 날, 많이 속상해했던 기억이 떠오른다. 이유는 잘 모르겠다. '나'라는 사람이 온전히 이해받지 못하고 있다는 느낌, 내 마음이 어떤지 알고 싶지 않다는 느낌, 거기에 나의 노력이 의미를 얻지 못하고 있다는 느낌이 한꺼번에 올라오면서 2퍼센트 가 아닌 20퍼센트, 그 이상의 서운함이 밀려왔다. 물론 감정적인 면에서의 속상함만은 아니었다. 여유 있게 취미활동을 한다는 것처럼 들렸고, 돈을 아끼 지 않는 사람처럼 바라보는 것 같았고, 일정한 금액 을 나에게 투자하는 모습을 자기중심적이라고 얘기 하는 것 같았다. 지금 생각해보면 재택근무라도 하 지 않았다면 훨씬 더 마음이 위축되었을 것 같다.

"나는 책을 쓰는 작가가 될 거야"
"나는 글쓰기 수업을 할 거야"
"나는 독서모임을 진행해볼 거야"
단 한 번도 생각해보지 않았던 주제들이다. 당연히 어떻게 해봐야지, 계획 같은 것도 없었다.

가끔 주변에서 질문을 받는다.
"혹시 예전부터 준비하셨던 거예요?"

거듭 밝히지만 생존전략이었을 뿐이지, 장기적인 목 표가 아니었다. 내가 살아있다는 느낌, 내 마음이 자유로워지는 기분을 느끼고 싶었고, 그 과정에서 "내가 왜 이걸 좋아하지?"를 궁금해하며 답을 찾다가 여기까지 왔을 뿐이다.

여전히 수수께끼이다.
정말 취미생활이었는지, 취미라는 이름 뒤에 있는 숨겨진 나의 욕망이었는지. 5퍼센트, 10퍼센트 기준을 적용하며 전투적으로 노력한 이유가 무엇이었는지 명확하게 설명하는 일이 쉽지 않다.

하지만 분명한 것은 '취미'라는 이름으로 불렸지만, 나에게는 시도였으며, 선택이었으며, 행동이었다. 그래서인지, 나는 요즘 이런 말을 자주 한다.
"취미라고 불리는 일, 취미라고 표현되는 일을 한번 살펴보세요. 의외의 힌트가 숨어있을 수 있어요"

왜냐하면, 내가 그랬으니까.
나를 살리고, 내 삶을 응원하는 방법을 그런 식으로 발견했으니까.

에필로그

이번 생(生)에
나를 살릴 방법을
발견하다

나는 스트레스에 약한 사람이다. 스트레스에 현기증을 느끼는 사람이다. 보이지 않는 것이 나를 억누르는 느낌과 함께 부정적인 생각이 뇌를 조금씩, 조금씩 점령하는 모습이 불편한 사람이다. 그래서 스트레스 상황이 벌어지면 가능한 나를 방치시키지 않으려고 노력한다. 예고도 없이 찾아온 손님을 발견하면 세포 사이를 빠른 속도로 건너뛰면서 신호를 보내준다.

"스트레스 상황이 찾아왔어. 바로, 지금!"

예전에는 이런 구분조차 하지 못했다.

"내가 뭘 잘못했나?"

"도대체 왜 나에게만 자꾸 이런 일이 생기는 거야?"

감정의 소용돌이 속에서 다른 시도는 엄두도 내지 못했다. 마음이 조급해지고, 초조해지는 이유는 관심 밖이었다. 앞, 뒤 살펴보는 것을 떠나 자책하기에 바빴고, 원인과 결과를 규명하기보다 상황을 모면할 수 있는 대상이나 사물을 찾는 일에 더 열심이었다. 불리한 상황이 연출된 것에 대해 원망하는 것으로도 시간이 부족했다. 얼른 지나갔으면 좋겠다는 마음으로 붙잡은 것이 술이었다. 아주 편파적으로 기억을 조작해 술이 먼저 접근해왔다고 주장하고 싶다.

술, 많이 마셨다. 주객전도(主客顚倒)라고 했던가. 술이 그랬다. 손님처럼 비집고 들어오더니 어느 날부터 주인 행세를 하기 시작했다. 지구를 구해야 하는 것도 아니고, 기아 문제를 책임지고 있는 것도 아닌데, 술은 초인적인 힘을 발휘하며 일상을 파고들었다. 기분 좋아 한 잔, 속상해서 한 잔, 답답해서 한 잔, 우울해서 한 잔, 화가 나서 한 잔. 그냥 한 잔.

수시로 술자리가 만들어졌고, 손은 술잔을 채우고, 술은 나를 채우고 있었다. 술과의 만남은 연일 계속되었다. 가만히 생각해보면 참견할 기회만 노리고 있었던 것 같다. 그렇지 않고서는 그렇게 빠른 속도로 합석하기는 어려웠을 것이다. 그렇다고 술이 무조건 나쁜 것도 아니었다. 기분 좋은 자리를 빛나게 만드는 일등공신이었고, 술을 먹을 수 있다는 것은 관계의 확장을 의미했으며, 어디서든 적응할 수 있다는 가능성의 신호이기도 했다. 물론 그에 따른 영광의 상처를 감당해야겠지만 말이다.

하여간 그렇게 동고동락(同苦同樂) 하던 술이었는데, 언제부터인가 조금씩 멀어지기 시작했다.

일단 체력이 받쳐주지 못했다. 조금이라도 술을 마신 날에는 다음 날 일찍 일어나는 것이 힘들었다. 해독 시간이 부족한지 오후 4시쯤 되어야 컨디션을 되찾을 수 있었다. 스트레스 상황을 피하고, 마음속에 윤활유를 넣어준다고 생각했었는데, 체력적 한계에 부딪치면서 오히려 스트레스가 되는 상황이 벌어진 것이다. 무엇보다 '술'을 대신할 동무가 생겼다는 것이 결정적이었다. 바로, '글쓰기'였다.

글쓰기, 글을 쓰면서 가만히 지켜보는 시간이 많아졌다. 무엇을 넣든, 얼마를 넣든, 어떤 양념을 활용하든 아무런 제재를 가하지 않았고 바라보기만 했다. 다행히 글쓰기는 술처럼 후유증이나 스트레스라는 이름으로 나를 당황스럽게 만들지 않았다. 오히려 전체적으로 호흡이 차분해지면서 한결 진정된 마음을 선물처럼 되돌려주었다. 그때부터였던 것 같다. 더 적극적으로 매달리기 시작했다.

현기증과 함께 부정적인 생각이 하나, 둘 올라오기 시작하면 무엇이든 붙잡는다. 노트북을 펼치기도 하고, 핸드폰의 메모장을 열기도 하고, 메모 노트에 마구 쓰기를 한다.

어떤 검열도 하지 않고 감정의 도식화, 생각의 문자화 과정을 진행한다. 그렇게 한참 쏟아내고 나면 소나기를 만나고 난 후처럼, 몸에 열이 나면서 가슴속에 있는 어떤 것이 수증기를 타고 공기 중으로 사라지는 느낌을 받는다. 그런 방식으로 여기까지 왔고, 지금도 여전하다.

글을 쓰면서 필터링을 한번 거치고 나면 모래 속에 숨어 있던 고대의 지문이 고개를 내민다. 오래전에 각인된 아주 비밀스러운 지문 말이다.

'이미 충분합니다'

아무래도 이번 생(生)에 나를 살릴 방법을 찾은 것 같다.

*

작가는
스스로를 새롭게 거듭나게 하는 일에
주저함이 없어야 한다.

꾸준한 작품 활동을 통해
경계를 만들어내고,
자신의 보폭과 호흡을 유지하면서
멈춤 없이 내디뎌야 한다.

과거와 현재를 통해 미래를 예측하기도 하고,
새로운 상태로의 이동이나
해석을 제안할 수 있어야 한다.

읽고, 쓰고, 만나고, 관찰하고, 들여다봐야 한다.

「의미 있는 일상」 중에서

*

글 쓰는 당신을 응원합니다

생각을 담다
마음을 담다
도서출판 **담:다**

글 쓰는 엄마

이번 생(生)에 나를 살릴 방법을 발견하다

초판 1쇄 2020년 9월 14일
지은이 윤슬
발행처 담다
발행인 김수영
제작 네오시스템
등록번호 제25100-2018-2호
주소 대구광역시 달서구 조암로 25 6층
메일 damdanuri@naver.com
문의 070-7520-2645
팩스 070-2645-8707

ⓒ 윤슬, 2020

ISBN 979-11-89784-07-2 [03810]